최면술사의 시대

최면술사의 시대

이석용 장편소설

팩토리나인

차례

일그러진
미소

T는 머리를 떨어뜨릴 것처럼 난간 너머로 상체를 내밀었다.

그렇게 한참 동안 육교 아래를 내려다봤다. 그 아래, 한 폭의 도로 위에는 할머니가 곱게 누워 있었다.

암흑처럼 까만 아스팔트 도로. 하얀, 아니, 어쩌면 그 어떤 색깔도 가져보지 못했을 것 같은 풀 먹인 저고리와 치마. 끝내 피부로 스며들지 못한 분칠한 표정. 마치 렌즈를 응시하기라도 하는 사람처럼 치켜 올라간 시선과 슬며시 벌려 미소 짓는 입꼬리는 차라리 추상적이다.

그래서인지 머리 뒤로 피어 흐르는 붉은 꽃이 뷰파인더 안의 할머니를 더 완벽하게 만들었다. 하지만 위안 삼을 만한 건 딱 거기까지였다.

통제된 도로, 군중과 경찰, 기자들에 둘러싸인 건 향년 여든셋의 박련섬 할머니였다.

사체(四體)는 육교 위에서 떨어진 것만으로는 설명하기 힘들 정도로 부러져 꺾이고 뒤틀려 있었다. 마치 고문당한 몸뚱이에 온화한 미소를 합성한 것과 같은 이 극명하게 상반된 상황은 고약함, 그 자체였다.

그런데 그보다 더 이해하기 힘든 건 구경꾼들의 반응이었다. 누구의 표정에서도 이 처참한 광경을 목격한 자의 참담함을 읽어낼 수 없었다. 이 때문에 섬뜩한 대비는 더 선명해졌다.

무섭다거나 운세 사납다는 이유로 회피하고 외면할 법도 했지만, 오히려 뭔가를 확인하고 싶은 간절함 같은 것이 시선에 녹아 있었다. 구겨진 몸은 철저히 외면당했고, 가늠할 수 없는 시간은 부정맥처럼 요동쳤다.

기자들의 플래시 세례가 할머니 얼굴에 영겁(永劫)의 그늘을 만들었다. 마이크를 쥔 어릿한 리포터는 현장 보도를 끝마치고 저도 구경꾼이 되어 멀뚱히 그 광경을 지켜보고만 있었다.

현장을 느리게 통과하는 버스의 승객들은 창문을 열어 밖으로 고개를 내밀었고, 길가의 시민들도 펜스 너머로 상체를 기울였다. 그 모습이 꽤나 사랑받던 대하드라마의 엄중한 엔딩을 함께 지켜보는 시청자들 같았다. 그럼에도 옆 사람과 말을 나누는 사람은 거의 보이지 않았다. 그저 몇몇만이 나지막이 혼잣말로 중얼거리고 있을 뿐이었는데, 홀로 심연(深淵)에 가라앉아 자기 자신과 마주 선 사람들처럼 보였다.

어쩌면 현장에는 어떤 알 수 없는 기운이 군중을 휘감고 있었는지도 모를 일이다. 그러고 보면 분명 올곧은 애도 분위기라기엔 뭔가 낯선 감정이 섞여 있는 것 같기도 했다.

어떤 중년들은 안도감을 감추지 못했고, 초로의 몇몇은 노골적으로 고개를 주억거리면서도 분명 산뜻한 미소를 머금기까지 했다. 마치 다행이라거나 부럽다는 것처럼. 끝까지 고통스럽게 꺾인 몸 따윈 아무에게도 관심받지 못했다.

그렇게 길 안에 있는 사람들은 멈춰 서서 처음 본 할머니의 마지막을 목격하고 있었다.

그때, 그 묘한 적막을 깨우는 선언과도 같은 외침이 있었다.

"끝이 좋으면 다 좋은 거 아니겠습니까? 이 얼마나 훌륭한 *알레스 구트*입니까!"

절대 흘려들을 수 없는 경찰관의 강건한 목소리였다. 이후 현장은 서서히 활기를 되찾기 시작했다.

T는 경찰관의 외침이나 사람들의 반응을 충분히 이해할 수 있었다.

*알레스 구트*는 T와 같은 복지·최면술사들에게는 최고의 선(善)이며, 박련섭 할머니는 T가 새로운 부임지에서 만난 첫 번째 피술자였기 때문이다.

T는 거실 탁자에 놓인 화려하게 세공된 크리스털 컵을 바라봤다. 표면으로 떠오르던 기포가 문양 가까이서 이지러지다 터져 사라지기를 반복하더니, 어느새 박 할머니의 사고 현장에 T를 데려다 놓았다.

T는 사망자가 박련섭 할머니인 것을 확인하고도 선뜻 곁으로 달려가지 못했다. 의문이 아직 육교 위에 있었기 때문이다. 낯익은 박 할머니의 꽃신이 난간 앞에 가지런히 놓여 있었다.

정황을 파악하는 건 그리 어렵지 않아 보였다. 할머니는 난간 앞에서 신발을 벗고 스스로 몸을 던졌고, 도로에 떨어진 직후에 맹렬히 달려온 차에 받혀 난간 반대편 방향으로 수 미터 튕겨 나간 거라고.

도로 난간을 들이받고 어색하게 멈춰 선 트럭이 아마도 그 가해 차량일 것이다. 사체는 낙하뿐 아니라 2차 충격까지 더해졌음을, 할머니의 굽은 키를 훌쩍 넘는 육교 난간은 사고사가 아님을 증언하고 있었다. 신중한 경찰관도 자살을 확신할 정도의 정황이었으니까. 하지만 T만큼은 강한 의혹을 품지 않을 수 없었다. 아니, 적어도 자살만큼은 아니라고 확신했다. 그건 최면에 든 피술자들은 절대 자살할 수 없다는 복지·최면의 대전제 때문이다. 확신의 바탕엔 할머니의 '행복한' 표정이 있었다.

'분명 최면에 들었는데…….'
그 길 안에 있던 사람들이 확인하고 싶어 했던 것도 다름 아닌 할머니의 '행복한' 표정이었다. 사람들은 복지·최면이 제대로 작동했으며, 할머니가 삶의 마지막 순간에 *알레스 구트*를 이뤄냈다는 사실에 안도했다. 그리고 그 표정에 자신들의 마지막을 대치했으리란 건 너무나 자명한 일이었다.

T는 '브레이크는 작동했지만 멈출 수 없어 파괴된 차량' 앞에 선 느낌을 지울 수 없었다.

복지로써의 최면. 일명 *알레스 구트*(Alles Gut)는 독일 격언 '끝이 좋으면 다 좋아(안데 구트Ende Gut, 알레스 구트Alles Gut)'에서 가져온 것으로, 고령의 저소득층을 대상으로 행복한 임종을 암시하도록 최면을 시술하는 복지정책의 일환이다. 할머니의 표정을 보면 최면은 제대로 작동된 것이 틀림없었고, 그렇다면 자살은 있을 수 없는 일이 된다. 흔히 최면술사라고 불리는 모든 복지·최면술사들은 피술자들에게 반드시 강한 항(抗)·자살 최면 코드를 함께 시술하는 게 복지·최면의 기본이기 때문이다.

자살을 통해 알레스 구트에 도달하고 싶은 위험한 유혹을 방지하는 것이 이유였으나, 최면을 복지행정에 끌어들이면서 이것이 자살률도 낮출 수 있다는, 숫자에 민감한 정치인들의 호언장담에 부응한 것이기도 했다. 실제로 정책 실행 후 노년층의 자살률은 현저히 줄어들었다.

'최면에 들지 않았다면 모를까. 절대 그럴 리가 없어! 더군다나 내가 아는 박련섬 할머니는 절대 자살할 분이 아닌데……'

T는 자신의 강력한 항·자살 최면 코드를 떠올리면서 고개를 저었다.

'게다가 집에서 멀리 떨어진, 그것도 하필 승애의 집으로 가는 한적한 도로의 육교라니.'

"많이 기다리게 해서 죄송합니다. 준비를 마치는 데에는 앞으로 30분 정도 걸릴 것 같습니다. 혹시 차를 준비해 드릴까요? 아니면 식사라도……?"

집사는 특유의 무표정으로 미안한 마음을 전했고, T는 물 한 잔만을 부탁했다.

아무도 없는 거실에서도 T는 등받이에 기대지 않은 채 허리를 곧게 펴고 앉아 있다. 짙은 회색의 수트, T 레벨 최면술사를 상징하는 검은 로만칼라, 그 옆엔 최면술사를 상징하는 가죽 가방이 주인처럼 반듯하게 놓여 있다. T는 틈틈이 매무새를 단정히 다듬었다.

T는 6주 전 근무지를 옮겨왔다. 공리청의 전근 명령은 예고 없이 전달되며, 근무 기간이나 근무지 배속에 일정한 공식은 없다. 가끔 재조정을 요청하기도 하지만, 대개는 곧바로 따른다.

높은 지대, 작은 건물의 맨 꼭대기 층. T의 사택은 한 사람만을 위한 현관과 한 걸음의 주방, 변기에 앉으면 문에 무릎이 닿는 욕실, 헤드도 없는 싱글 침대가 전부인 침실, 초라한 의자와 접이식 테이블이 펼쳐진 장엄한 석양이 보이는 발코니가 전부였다.

T는 사택만큼은 엄격하게 선택했다. 최소한의 컨디션에 오직 윤택한 조망만을 지향했다.

플라스틱 간이 의자 위에 휴대폰을 올리고 충전기를 연결하자 여러 통의 메일과 메시지, 부재중 전화 알림음이 연이어 울렸다. 발코니 난간에 몸을 기댄 채, 의미 있어 보이는 메시지 하나를 열어 확인했다.

T164-42ㅎㅅ. 새로운 임지 발령.

203X.3.1. '꼬미트-108'지구, '꾸리아-23'지역

공리청 클로저(Closer)의 임무 완료 메시지 접수

* 주거(완료), 사무실(완료), 업무 환경(완료),

배우자(해당 없음), 자녀(해당 없음) *

행운을 빕니다.

— 공리청 —

기혼자는 배우자의 근무지, 자녀들의 학교까지 꼼꼼히 고려해 부임지가 결정되기 때문에 어려움을 겪을 일이 적다. 그렇다고 미혼자가 근무하기 힘들다는 건 아니다. 조금 더 근무지를 옮겨 다니는 정도랄까? 최면술사들은 항시 전근을 염두에 두고 있기에 크게 당혹스러워하지 않는다. 인구 변동 추이에 따라 고령의 저소득층이 많이 몰리는 곳으로 최면술사들이 배치되는 건 당연한 일이니

까. 특히 T 레벨 최면술사가 가는 곳은 더 험지⑺라 볼 수 있었다.

'내일…… 행정구역이 맞붙은 지역, 외진 곳.'

평소처럼 평온한 표정의 T가 사택을 나섰다. 가죽 가방은 물론 바퀴 달린 여행용 가방을 끌고, 다른 팔로는 작은 상자를 들었다. 상자엔 몇 권의 책과 작은 화초가 삐죽이 고개를 내밀고 있었다.

T가 몇 걸음을 채 내딛기도 전에 골목 어귀에 세워진 검은 차량에선 시동음이 들렸고, 바로 유니폼 차림 둘이 달려 나와 T의 짐을 차량에 실었다. 차량 측면엔 T의 가방에 있는 것과 같은 금색 마크가 프린트되어 있었다. T를 태운 차량이 천천히 출발하자 남은 두 사람은 서둘러 T의 사택으로 향했다.

한 공리청 직원은 사택 안을 꼼꼼히 살피면서 여러 장의 사진을 남기고 몇몇 물건은 비닐 백에 담았다. 다른 직원은 지켜보던 집주인에게 열쇠를 넘기고 건네받은 서류를 꼼꼼히 읽었다.

T는 차량 뒷자리에 앉아 창밖을 보며 생각에 잠겼다. 이번 전근은 이례적이란 느낌을 지울 수 없었다. 최면술사가 공리청의 지시를 충실히 따르는 건 분명 명예로운 일이다. 하지만 동시에 복지행정을 효율적으로 수행하기 위해서는 최면술사들에게도 자체 분석

할 최소한의 시간이 필요하다는 게 T의 입장이다. 그래서 배속 지역을 면밀하게 검토해 공리청의 의도를 정확하게 이해하려고 노력해왔다. 하지만 이번에는 그 의도를 파악하기 힘들었다.

우선 배속받은 꾸리아*에는 T 레벨 최면술사가 배속됐던 적이 단 한 번도 없었다. 아니, 꾸리아 규모의 복지행정 구역에 T 레벨의 최면술사가 부임한 전례 자체가 없었다. 심지어 상위 행정 단위인 꼬미트**에도 T 레벨 최면술사가 있는 곳은 손꼽힐 정도였으니까.

T는 생각이 깊어졌다. 이렇게 규모가 작은 지역으로 자신을 보낸 이유를 생각하지 않을 수 없었다. 규모가 큰 구역에 배속된다고 더 명예롭다거나 그 반대의 경우가 좌천이라는 건 아니지만, 효율을 생각하지 않을 수 없었기 때문이다.

'T 레벨 최면술사를 보내야만 할 곳이란 얘긴데……'

T는 오일장이 열리는 재래시장 앞을 지날 때 차를 멈춰 세웠다.

"저는 여기에 내려주세요. 짐만 부탁하겠습니다. 공리청에 보고할 때, 오늘은 로만칼라를 잠시 벗어놓을 수 있도록 업무 개시 시

---

* 꾸리아(Curia), 공리청에서 구분한 복지행정 구역으로 구(區)·읍(邑) 규모에 해당
** 꼬미트(Comit), 공리청에서 구분한 복지행정 구역으로 시(市)·군(郡) 규모에 해당

점을 내일로 부탁하겠습니다. 필요하면 휴가로 처리하셔도 좋습니다."

T는 로만칼라를 넣은 가죽 가방을 직원에게 건넨 후 차량에서 내려 붐비는 시장 안으로 걸어 들어갔다. 딴청 없이 걸었지만, 목적지가 있다고 보기엔 느린 걸음이었다. 지나던 중에 어깨가 몇 번 부딪혔다. T는 1km 남짓하게 뻗은 시장을 끝까지 걸어갔다가 다시 돌아와 가장 붐비는 지점에 멈춰 섰다. 여러 사람이 부대껴 지나갔다. T는 맑은 개울가에서 사금을 캐듯이 담았던 접시를 들어 올렸다. 보통 사람들의 상념(想念)은 흘러가고, 최면이나 암시에 든 사람들의 사념(思念)들이 사금처럼 남았다.

T의 전근은 지역 방송에서 큰 이슈가 되었다. 어떤 지역 의원은 직접 공리청에 여러 통의 자필 편지를 보냈다며 은근슬쩍 자기 역량을 과시했다. 주민들은 의원의 자화자찬을 믿지 않았지만, 내심 지역의 위상이 올라갔다며 뿌듯해했다. 아마도 박 할머니의 죽음 앞에서 드러낸 안도감에는 이런 분위기가 한몫했으리라.

중앙 행정조직에서 멀리 떨어진, 독특한 지형과 열악한 인프라 때문에 마치 육지 안 깊숙이 자리 잡은 섬처럼 느껴지는 좁은 지역. 그런 곳에서 좀처럼 보기 힘든 T 레벨의 최면술사가 부임한 직

후 누구도 알레스 구트로 믿어 의심치 않는 임종을 보게 되었으니 말이다.

T의 이름은 'T164-42ㅎㅅ'이다. T 레벨의 최면술사는 공리청에 임용되는 순간 새로운 이름을 받게 된다. 본명인 '정한수'나 '마흔 두 살' 나이로 대변되던 인생이, 공리청에서 부여받은 새로운 무언 가로 옮겨가게 되는 것이다. 해당 꾸리아는 물론이고 상위 지구 단위인 꼬미트에도 T 레벨 최면술사는 그가 유일했기 때문에 그냥 'T'로 불렸다.

T는 최면술사로서의 삶이 운명이라고 믿고 있다. 그건 그가 기억할 수 있는 까마득한 어릴 적 기억 때문이다. T는 한 TV 교양 프로를 생생히 기억한다. '가난한 이들의 죽음과 복지'라는 제목의 연말 특집 프로였다. '가난한 이들'이나 '복지'는 물론이고 '죽음'도 이해할 수 없는 나이였지만, 운명적이라고 할 만큼 선명하고 또렷한 기억으로 남아 있다.

대담자로 나선 사람은 전 국회의원 장진과 최철환 프란치스코 신부였지만, 마이크는 시종일관 장 의원이 쥐고 있었다. 카메라를 노골적으로 의식하는 장 의원은 복지에는 큰돈이 필요하며 모든 사람을 만족시킬 수 없다는 걸 강조했고, 국가에 기여하는 만큼 복지 혜택을 받아야 한다고 주장했다. 대담이 정리되어갈 즈음에 최신부가 활짝 웃으며 장 의원의 손 위에 자신의 손을 포갰다. 그러면서 대담 중 처음으로 개인적인 바람을 꺼내 보였다.

"의원님이 그렇게 말씀하시는 것도 충분히 이해합니다. 아무래도 정치는 현실이니까요. 하지만 제 관점은 조금 다릅니다. 국가에 기여한 정도, 즉 납부한 세금에 비례하여 복지를 누려야 한다는 건 복지의 본 취지에도 어긋난다고 봅니다. 세금을 많이 낸다는 건 곧 사회에서 벌어들인 수익이 많다는 의미입니다. 납세는 사회로부터 많이 얻어갔으니 그에 비례해서 응당히 사회로 되돌려주는 행위지, 자신이 받을 복지 혜택에 내는 비용이 아니기 때문입니다. 그리고 수익이 많은 사람에겐 정부에서 제공하는 복지가 그다지 도움이 되는 건 아니지 않겠습니까? 빈약한 끼니조차 챙기지 못하는 사람들에게나 최소한의 식사가 필요한 것이지, 잘 먹고 있는 사람들에게는 그다지 의미 없는 것이죠.

복지는 사회의 낮은 곳에 있는 사람들에게 꼭 필요한 것입니다. 그리고 그들에게 제공될 때 사회적으로 최고의 효과를 얻을 수 있습니다. 최소의 비용으로 사회 전체의 만족감이나 행복감을 최대로 높일 수 있다는 것입니다. 그러면 어떤 사람은 이렇게 말할 수 있을 겁니다. 왜 내가 번 돈으로 다른 사람을 입히고 먹이느냐고 말이죠. 하지만 이는 잘 모르는 소리입니다. 자신이 벌었다고 하지만 결코 자기 힘만으로는 그 부와 여유를 누릴 수 없다는 사실을 간과한 것이죠. 이유는 또 있습니다. 조금 극단적인 사례지만, 점차 증가세를 보이는 '묻지마 범죄'는 대부분 아무것도 잃을 것 없는 사람들에 의한 겁니다. 더이상 잃을 게 없는 사람들이 많아지면 사회에는 이유를 알 수 없는 범죄가 우후죽순처럼 벌어지는 건 물론이고 그땐 상식도 통하지 않을 게 분명합니다. 그래서 복지는 상식이 통하는 사회를 위한 방파제 역할을 한다고 볼 수 있는 겁니다.

저소득층을 위한 복지가 이미 많이 시행되고 있다고 알고 있습니다. 거기에 하나 더 보태달라고 부탁드리는 겁니다. 저소득층 노인들을 위해, 황혼의 마무리가 두렵지 않도록 관심과 사랑을 기울여달라는 겁니다. 그동안 힘들게 살았으니 마지막 가시는 길이라도 평안한 마음이 될 수 있도록 하자는 겁니다. 우리가 잘 아는 '유종의 미'라는 말이 있잖습니까? 독일 신부님에게 들은 독일 속담에도 '엔데 구트, 알레스 구트'라는 말이 있답니다. 끝이 좋으면 다 좋다는 뜻입니다. 어디 그뿐인가요? 셰익스피어의 작품 중 《끝이 좋으면 다 좋아(All's Well That Ends Well)》라는 희곡도 있습니다."

이때 장 의원이 끼어들었다.

"최면이라도 걸자는 말씀인가요? 내가 그동안 잘 살았다, 하고 생각할 수 있도록 말이죠. 그것도 괜찮은 방법 아닙니까? 비용도 적게 들고요."

장 의원은 비아냥조의 가벼운 농담을 던진 것이었지만, 최 신부는 잠시 진지한 표정이 되었다. 방청객들은 장 의원의 경박한 농담이 최 신부를 어처구니없게 만들었다고 생각했는지 정적이 흐르는 스튜디오 안을 곱지 않은 시선으로 가득 채웠다. 무거운 공기는 최 신부의 묵직한 목소리에 흩어졌다.

"저는 단순히 전문 교육을 받은 복지사들이 대상자들을 상담하거나, 적극적인 황혼의 심리치료 정도를 생각했습니다만…… 최면도 나쁘지 않을 것 같다는 생각이 드는군요.

복지로써 최면이라면 조금 낯설지만, '마인드 컨트롤'이라고 하면 어떻겠습니까? 운동선수가 슬럼프를 극복하는 것처럼 말이죠. 인생의 마지막 순간, 그간의 삶이 보람되고 행복했었다고 느끼게 하는 겁니다. 다시 말해서 죽음을 목전에 둔 사람들이 행복한 자기 인생의 이미지를 가질 수 있도록 마인드 컨트롤하는 겁니다. 지금까지의 삶이 최선을 다한 것이었다고 말이죠.

그리고 좀 더 적극적으로는 미처 이루지 못한 꿈들이나 염원들을 이 암시를 통해 이루게 해드리면 어떨까요? 정확하게는 이루었다고 느낄 수 있도록 마인드 컨트롤하는 것이겠지요.

죽음의 순간, 그 모든 것이 완성되는 것입니다. 암시라고 봐도 좋겠습니다. ……아시다시피 우리는 죽음에 대해 놀랄 만큼 거리를 두며 살아왔습니다. 그런 인생은 마치 종착역이 없을 것 같은 기차여행에서 갑자기 아무런 준비 없이 내리는 것과 마찬가지라 생각합니다. 물론 피할 수 없는 일이니 이러나저러나 같겠거니 생각할 수 있겠습니다. 하지만 여행의 추억은 어떻게 되는 겁니까? 그 가치가 허공에 흩어버릴 만큼 하찮은 겁니까? 우리는 죽음을 무작정 혐오하고 있는 건 아닌가, 모르겠습니다. 죽음을 무작정 외면하면서 두려움에 떨며 사는 건 불행한 일입니다. 인생의 종착역에 안착할 수 있도록 계획하고 마음의 준비를 해야 합니다.

누군가는 속임수라고 비난할 수도 있겠습니다. 하지만 저는 윤리적으로도 아무 문제가 없다고 생각합니다. 다음이 있는 상황이라면 또 그럴 수도 있겠지만 말이죠. 죽음은 이 세상에서의 마지막을 의미하는 것 아니겠습니까? 좋은 마음을 가지고 눈을 감을 수 있다면 모든 걸 용서할 수도 있다고 생각합니다. 아울러 남은 사람들은 복지예산을 크게 절약하면서도 최대치의 복지 효과를 얻을 수 있고요. 아마도 필요한 재원은 지역에 작은 도서관 하나 짓는 정도일 겁니다. 앞서 말했듯이 크게 보면 결국 사회 전체가 복지의 수혜자가 되는 셈입니다."

뭔가 골똘한 생각에 빠진 장 의원을 대신해서 사회자가 물었다.

"기억을 조작하자는 말씀인가요?"

"투수가 던진 커브를 조작이라고 하지는 않습니다. 최선을 다하는 것이지요."

장 의원은 최 신부의 손을 맞잡는 것으로 동의를 표했고, 대담은 그렇게 깔끔하게 마무리되었다. 많은 사람에게 죽음과 복지에 대해 한 번 더 생각해 볼 기회가 된 것과는 별개로, 장 의원이 그렇게 추진력 있는 사람이었는지 눈치챈 사람은 아무도 없었다.

장진 의원이 제 지역구 사무실로 숨을 헐떡이며 들어섰다. 사무실에 있던 몇몇 직원들이 장 의원을 빤히 쳐다봤다. 가쁜 숨을 몰아쉬던 장 의원이 겨우 입을 뗐다.

"떴어, 떴어! 보궐 떴어!"

순간 사무실은 직원들이 제 핸드폰과 PC의 자판을 두드리는 탓에 함석지붕을 때리는 빗방울 소리로 가득 찼다.

최대 다수의
최대 행복

나이에 비해 귀엽게 생겼다는 소리를 듣는 이천식은 성긴 머리숱 때문에 열 살 정도는 손해 보고 있다고 생각하는 40대다. 마주 앉은 박용우 역시 비슷한 연배지만 심하게 단정한 패션 때문에 드물게 독이 되는 케이스였다. 모두 장 의원의 전 보좌관들로 지금은 장 의원의 아내가 운영하는 마트에서 근무하다가 막 불려 나왔고, 다른 직원들도 상황은 비슷했다. 천식이 휴대폰에서 눈을 떼지 않은 채 말했다.

"정말 황경식 의원 선거법 위반 확정 났네요?"

어느새 안경을 꺼내 쓴 용우도 거들었다.

"증거 부족으로 별 탈 없이 지나갈 거라고 그랬는데……."

"아, 다 필요 없고 나한테 다시 기회가 온 거야. 어서 준비하자고!"

장 의원의 처남이 운영하는 가구점에서 배달하다가 불려 나온 직원이 비교적 고급 정보를 꺼냈다.

"지난번 당에서 후보로 공천했던 김명후랑 경선부터 준비하셔야 하는 거 아녜요?"

"그 친구는 글렀어. 지난번 선거 때 너무 공개적으로 치부가 까발려져서 재기하기 힘들 거야. 나한테 기회가 온 거야. 그리고 그렇게 되어야 하고. 이제부턴 전투 모드야! 도움이 될 만한 녀석들 다들 연락해서 불러들여. 알았지? 그리고 천식이랑 용우는 방으로 들어와!"

평소 장난기 가득했던 장 의원이 진지 모드로 돌변하자 천식과 용우는 벌 받는 사람처럼 경직되어 방으로 따라 들어갔다.

"니들은 내 수석보좌관들이지?"

"뭐, 그렇다고 하시면 그런 거죠. 그런데요?"

"잘 들어. 이번엔 다른 전략으로 나갈 거야. 노인들 표를 공략할 거라고."

"혹시 지난번 방송 때⋯⋯?"

장 의원이 대답 대신 자신이 메모한 수첩을 꺼내 두 사람 앞으로 내밀었다.

"너희들이 만들어라!"

천식과 용우는 서로의 얼굴을 마주 바라봤다.

시청 사회복지과 별관은 같은 행정기관인지 의심받을 정도로 별나게 떨어져 있었다. 천식과 용우가 사무실로 들어서자 낯익은 얼굴들이 그들을 반갑게 맞이했다. 그들은 바로 지하로 내려가 굳게 잠긴 창고를 열어젖혔다. 공무원들은 퀴퀴한 냄새에 거미줄로 가득한 공간을 내어준다며 미안해했지만, 두 전직 보좌관들은 다른 뭔가가 눈에 들어오는지 밝게 웃기만 했다.

천식은 한 무리의 아르바이트 학생들을 지휘해 사무실을 청소하고 사무용 가구를 정리했고, 용우는 '노인을 위한 복지·최면→'이라고 프린트된 이정표를 건물 이곳저곳에 붙였다.

천식이 이제 막 개통된 전화기를 붙들었다.

"네, 네. 그렇습니다. 아무래도 대상자들에 관한 자료도 공유할 수 있을 겁니다. 당연히 필요할 거고요. ⋯⋯네, 네. 그렇습니다. 담당하실 구역이 아니더라도 드릴 겁니다."

천식이 말한 대상자들이란 '고령의 저소득층 노인들'을 지칭했다.

천식과 용우는 리스트를 만들어 병원부터 교회, 성당, 사찰, 해병대 전우회 및 지역 봉사단체를 찾아 리플릿을 건네며 설명했다. 두 사람이 단체를 설득하는 당근은 고객 리스트였다.

어느새 멀쑥해진 창고 한 편엔 강단이 마련됐고, 그 뒤로 '노인들의 호상(好喪) 암시를 위한 복지·최면'이라는 문구의 플래카드가 걸렸다.

초빙된 최면술사가 의사부터 목사, 스님, 신부, 지역 봉사단원 등을 대상으로 최면에 대해 강의했다. 서로는 상대를 대상으로 최면을 시술했는데, 누군 정말로 된다고 호들갑이고 또 누군 아무런 기색이 없다고 투덜대느라 소란스러웠다.

천식이 농가의 허름한 부엌에 감자 한 상자를 내려놓고 슬며시 방안을 들여다봤다. 방안에선 노인을 대상으로 한 봉사단원이 최면을 시술하려 애쓰고 있었다. 그러나 노인은 멀뚱멀뚱 마당에 들여놓은 라면상자에만 눈길을 줬다. 최면이 신통치 않은 것이다. 그 옆에 있던 용우가 안타까운 마음에 뻑뻑한 문짝의 경첩만 만지작거렸다.

장 의원 사무실에도 크게 '노인을 위한 최면복지! 외롭지 않은 별리(別離)'라고 적힌 플래카드가 걸렸다. 장 의원은 '차별화만이 살 길이다!'라며 스스로를 독려했다. 창문 틈으로 들어온 바람 때문인지 플래카드의 한쪽이 떨어져 내렸다.

용우가 반지하 주택의 작은 부엌에 보리 한 포대를 내려놓고 방 안을 슬며시 들여다봤다. 이번에도 안방에선 노인을 대상으로 스님이 최면을 시술하고 있었다. 피술자인 할머니가 곤란한 표정으로 고개를 절레절레 흔들었다. 답답했는지 스님이 피술자 할머니를 다그쳤다.

"할머니, 마음의 문을 열어야 합니다. 그래야 최면에 쉽게 들 수 있어요. 할머니 평생에 이루고 싶은 일이 무엇이었는지 말씀해주셔야……."

"글쎄, 그게 말처럼 될까 몰라. 내 고단한 삶을 털어놓는다는 게……."

스님이 옆에 있던 용우를 망연히 쳐다봤다. 용우는 이번에도 안타까운 마음으로 신문을 구겨 창문을 쓱쓱 닦았다.

천식이 피곤한 몸을 의자에 누이고 있다가 벨소리에 깬 전화를 받았다.

"아, 지금 와서 그러시면 어떡해요? 조금만 더 도와주세요. 이제 곧 선거인데, 조금만……."

전화가 끊겼는지 천식이 수화기를 조심히 내려놓는 모습을 옆에 있던 용우가 어두운 표정으로 지켜봤다.

천식과 용우가 예닐곱의 최면술사와 함께 빙 둘러앉아 있는데 누가 지하 아니랄까 봐 분위기는 무겁기 그지없다. 자칭 제1보좌관이라는 천식이 말을 꺼냈다.

"사실 큰 믿음이 있었던 건 아니지만, 그렇다고 이만큼 힘들 줄 생각지도 못했습니다."

라이터 불빛으로 최면을 유도하는 최면술사가 푸념하듯 말을 이었다.

"최면이라는 게 그렇게 속성으로 가르치고 배울 수 있는 게 아닙니다. 게다가 몇 번 만나본 적도 없는 사람에게 인생의 가장 큰 비밀을 털어놓게 한다는 계획도 무리고요."

스스로 수석보좌관이라고 명함을 파서 다니는 용우도 빠질 수 없었다.

"선거 때문에 서두른 건 사실이죠. 그냥 첫 단추나 꿰놓고 당선

후에 정책을 의욕적으로 추진할 수 있도록 길만 닦아놓자는 거였는데……."

작은 종을 귓가에 울리며 최면을 유도하는 최면술사가 궁금증을 꺼내 보였다.

"계속 추진한다면 어디까지 보고 계셨던 겁니까?"

천식이 답했다.

"노인복지과처럼 최면복지과를 신설해서 저소득층 노인이나 임종 가까운 분들 대상으로 심리 상담하듯이 하려던 겁니다. 심리 호스피스처럼 말이죠."

자기만의 아로마 레시피를 갖고 향기로 최면을 유도하던 최면술사가 관심을 보였다.

"저희 처우는……?"

용우가 대답했다.

"공무원이죠. 좀 낯설게 들리시겠지만, 복지·최면술사라고 보시면 될 거예요. 시민들이 납득한다는 전제에서 말이죠."

라이터 최면술사가 말했다.

"저희도 이 시도가 성공하길 간절히 바라고 있습니다. 공무원직을 보장한다는 처우 때문만이 아닙니다. 아주 오랫동안 저희 문파는 상당한 침체를 겪어야 했습니다."

천식이 물었다.

"문파라면……?"

"일반적인 최면사들은 책이나 학원 같은 곳에서 최면을 배우
곤 하죠. 아니면 백화점 문화강좌 같은 곳에서 배우거나요. 그런
데 저희처럼 스스로 최면술사라고 부르는 사람들은 어떤 스승에게
서 어떻게 배웠나를 중요하게 생각합니다. 최면 유도 방식도 문파
마다 다르고요. 무도(武道)처럼 말이죠. 당연히 자부심도 대단합니
다. 그런데 우리 최면술사들도 사람들 눈엔 무당이나 신들린 점쟁
이와 다르지 않은가 보더라고요. 그래서 늘 마음이 무거웠습니다.
그러던 중에 이번 일에서 작은 희망을 보았던 거죠. 세간의 오해
에서 벗어날 수 있지 않을까, 하고 말이죠. 우리를 세상에도 알리
고……."

용우가 아쉽다는 듯 받았다.

"잘 되면 모두에게 좋았을 텐데……."

맥을 짚듯이 손목을 잡는 것으로 최면을 유도하던 최면술사가
이야기의 흐름을 바꿨다.

"방향을 조금 수정해서 다시 시도해보면 어떨까요?"

천식이 관심을 보였다.

"어떻게요?"

"사실 아무도 최면에 도달하지 못한 거나 다름없잖습니까? 그러면 이번에는 직접 현장에 나가보면 어떨까, 싶어서요?"

용우가 몸을 내밀었다.

"겨우 이정도 인원으로 어떻게요?"

"일단 시범적으로 시도해보자는 겁니다. 그간 자원봉사자들에겐 고맙지만, 절실함은 없었잖아요? 저희끼리 얘기해본 적 있었습니다."

맥잡이 최면술사가 주위의 최면술사들과 시선을 교환하며 다시 말을 이어 나갔다.

"우리 나름대로 매뉴얼도 제대로 만들어보고, 최면 코드나 유도 순서도 다시 진지하게 검토해보자고 말이죠. 정책이 입안되고 복지 제도가 정착하려면 복장이나 만나는 시간과 장소가 모두 고려되어야 한다고 생각했습니다."

천식이 마지막 기력을 끌어내듯이 자리에 일어서서 마지막 시도를 독려했다.

"좋은 생각입니다. 아직 시간은 남아 있습니다. 말씀대로 마지막 기회라고 생각하고 시도해보죠?"

해가 이미 떨어진 시간. 작은 방에 할아버지 한 명이 앉았고, 그 주위를 몇몇 최면술사들이 둘러쌌다. 불안한 표정의 천식과 용우를 뒤에 두고 작게 타오르는 촛불을 쳐다보는 할아버지의 눈꺼풀이 무겁게 내려앉는다.

장 의원은 유세 차량에서 씩씩하게 유세했다. 차량에는 '노인을 위한 최면복지! 외롭지 않은 별리'라고 적힌 플래카드가 걸렸다.

"이게 잘 먹고 잘사는 것과 거리가 멀 것 같죠? 절대 그렇지 않습니다. 죽음이 두렵지 않으면 삶의 질이 달라집니다. 노인들은 누구나 잘 아실 겁니다. 누구도 외롭고 쓸쓸한 마지막을 걱정하지 않으셔도 된다, 이 말입니다. 이건 우리 모두가 당사자인 중요한 정책입니다. 단도직입적으로 말씀드리자면 복지가 우리에게 호상을 보장한다, 이 말입니다!"

하지만 장 의원의 기세와는 다르게 유세장에 모인 몇 안 되는 사람들의 표정은 밝지 못했다.

장 의원의 사무실에선 자원봉사자들이 전화를 받거나 문서를 복사하고 또 뭔가를 만들었지만, 힘이 빠져 있는 느낌이다. 장 의원의 방에선 장 의원과 보좌관들이 소파에 앉아 뉴스를 시청하고 있었다. 지역 방송에선 막 장 의원에 관한 뉴스가 보도되기 시작했다. 장 의원 아내의 아파트 다운계약 의혹과 아들의 병역 비리 의혹이 그것이었다. 화면 속 장 의원은 긍정도 부정도 하지 못하고 난감한 표정이었다. 게다가 뉴스 말미엔 장 의원이 추진하는 복지·최면의 무모함과 헛된 꿈을 조롱하는 듯한 꼭지가 짤막하게 다뤄졌다. 장 의원과 보좌관들 모두는 고개를 떨궜다. 순간 뒷벽에 걸려 있던 '노인을 위한 최면복지! 외롭지 않은 별리' 플래카드의 한쪽이 떨어져 을씨년스럽게 흘러내렸다. 그때였다. 천식의 휴대폰이 울렸다.

"네? 김복돌 할아버지요? 며칠 전까지는 괜찮으셨는데요? ······ 아, 알았어요. 하여간 알겠습니다. 제가 가볼게요. 연락주셔서 고맙습니다."

천식이 상황을 설명하지도 않고 카메라를 챙겨서 방을 나서지만 아무도 연유를 묻지 않았다. 용우가 고개를 들어 방을 나서는 천식을 배웅할 뿐이었다.

초로의 아주머니가 재래시장 입구에 마련된 가판대에서 무가지를 꺼내 들고 버스정류장 벤치로 가 앉았다. 아주머니는 즐겨 보던 중고 시장의 매물 현황을 보려다가 1면 절반을 차지하는 사진에 눈길을 빼앗겼다. 눈을 감고 행복한 미소를 지으며 사망한 할아버지 사진이었다. 아주머니는 잠시 인상을 찌푸리는가 싶더니, 시장 가방에서 돋보기를 꺼내 기사를 자세히 읽어나갔다.

"호오! 그래도 호상인가 보네…… 정말, 되나?"

비슷한 시간, 장 의원 사무실에서도 다소 상기된 목소리의 천식이 무가지를 들고 읽었고, 장 의원과 직원들은 모두 자리에 앉아서 경청했다.

"복지·최면의 최초 수혜자, 김복돌 할아버지. *알레스 구트*를 이루고 행복하게 눈을 감다!"

천식이 고개를 들어 주위를 둘러보았다. 그리고 벅찬 듯 말했다.

"이게 제목입니다."

장 의원이 재촉했다.

"알았으니까, 끊지 말고 주욱 읽어 봐!"

"네. 일흔여덟으로 생을 마감한 김복돌 할아버지는 지난 연말 췌장암 말기 판정을 받은 바 있다. 하지만 암의 고통보다도 더욱 할아버지를 괴롭혔던 건 어릴 적 잃어버린 누이에 대한 미안함이었을 거라고 지인들은 전하고 있다. 하지만 임종을 지켜본 지인들에 의하면 할아버진 복지·최면으로 돌아가시기 전에 누이를 만났을 거라고 전했다. 그렇지 않고서 어떻게 이렇게 행복한 표정으로 임종을 맞이할 수 있느냐며 확신했다. ······끝입니다."

"그게 다야?"

"네."

"기름 좀 치지 그랬어. 그게 뭐야?"

"친 겁니다. 아무리 지역 신문이라고 해도 1면에 돌아가신 분 사진을 올리는 건 좀 너무하다고 얘기하는 사람들이 많았거든요."

이번엔 용우가 나섰다.

"제 생각엔 오히려 잘된 것 같은데요? 복지·최면을 받았다, 일생일대의 소원을 이룬 사람의 표정으로 임종을 맞았다, 망자의 행복한 표정. 이 세 가지가 다 있잖아요. 더 있으면 MSG 쏟은 것 같을 겁니다."

"그럴까?"

경로당 한복판에는 장기를 두고 있는 노인과 구경꾼들, 뭔가를 씹으며 잡담을 나누는 사람들, TV를 시청하는 사람으로 왁자지껄하다. 그리고 경로당 한쪽 벽 게시판엔 김복돌 할아버지의 기사가 오려져 붙어 있었다.

재래시장에서 포목점을 운영하는 할머니가 새로 들여놓은 원단을 다 세고는 잠시 앉아 쉰다. 할머니는 무슨 생각이 났는지 서랍에서 신문을 꺼내 김복돌 할아버지 기사를 읽고 또 읽는다.

재활용센터 사무실에서도 리어카로 고철을 한 차 싣고 온 노인이 선풍기에 땀을 식혔다. 센터 사장은 저울을 한참 들여다보더니 금고에서 지폐를 몇 장 꺼내며 말했다.

"얼마 드리지 못해요. 요즘 시세가 그렇습니다. 자, 여기 있습니다."

하지만 할아버진 돈은 세보지도 않고 바지 주머니에 쓱 넣고는 뜬금없는 소릴 했다.

"그 할아버진 누이를 만났을까?"

"네?"

"김복돌 할아버지. 그 뭐라고 하더냐……."

"아, 그분이요? 진짜로 만난 건 아니라고 하잖아요. 최면으로 만났다고 착각한 거죠."

"그러니께, 실제로는 아니고 최면으로 만난 걸로 착각했다고? 그래도 그렇게 행복한 표정을 지을 수 있을까?"

"그야 모르죠. 그런데 실향민들은 꿈에라도 가고 싶은 고향이라고 하잖아요. 꿈이라도 고향에 가면 좋긴 하겠죠? 왜요 할아버지도 누이 찾으세요?"

"난 혼자라네. 북에 두고 온 부모님에게 나 여기 잘 있다고 말하고 싶긴 하지."

"두 분 모두 돌아가셨을 확률이 크잖아요? 100세도 넘기셨을 테니……."

"그니까. ……그 최면인가 뭔가로는 할 수 있을 거 같아서……."

장 의원 사무실에선 장 의원과 아내 그리고 보좌진들 모두가 선거 개표 방송을 숨죽이며 지켜보고 있었다. 장 의원의 당선이 확정되었다는 자막이 깜빡이고, 모두는 환호했다. 그 틈을 비집고 방송 리포터가 인터뷰하겠다며 마이크를 들이밀었다. 장 의원은 망설이지 않고 복지·최면을 전면적으로 시행하겠다고 호언장담했다.

장 의원의 국회 사무실에는 여유 있는 표정의 장 의원과 보좌관이 된 천식과 용우가 TV를 시청했다. 복지·최면을 다큐로 제작한 방송 '저소득층 노인들을 위한 복지·최면'이었다.

최면에 든 노인들은 하나같이 눈물을 흘렸고, 최면에서 빠져나와서도 자신의 경험을 떨리는 목소리로 전했다. 방송 마지막엔 대통령이 대국민연설을 통해 노인 복지의 일환으로서 복지·최면을 전국적으로 확대·실시하겠다고 발표했다. 영상 속에서 장 의원은 대통령 한 걸음 뒤에 서 있었다. 이 대목에서 장 의원이 아무도 듣지 못하는 소리로 읊조렸다.

"그림 좋다!"

정부는 행정안전부 산하에 공리청(公利廳)을 신설하고 장진 의원의 지역구를 모델 삼아 대대적인 복지·최면의 시행을 예고했다. 그러나 정책은 시작부터 순탄치 않았다. 정부의 불순한 의도가 들통나버렸기 때문이다. 정부, 아니 대통령은 최면 코드에 정부에 유리한 투표 심리를 넣길 바랐던 것이다. 자원봉사자들의 양심 고백이 줄을 이으면서 정부와 여당은 뜨거운 감자를 삼킨 것처럼 난처해졌다. 정책을 폐기하자니 시민의 복지는 안중에도 없고 선거에서 이길 생각만 했다는 오명을 남길 수 있었다. 이에 공리청을 총리실 산하 공리처(公利處)로 격상·이관하여 중립성을 보장하고 이를 증명하려 했지만, 성난 여론은 좀처럼 정부의 말을 믿지 않았다. 결국 주도권을 넘겨받은 야당이 공리처를 다시 중앙선거관리위원회의 산하 기관으로 이관하고, 초대 공리처의 수장으로 최초 발의자였던 최 신부를 추대했다.

공직을 여러 번 고사하던 최 신부는 결국 조건부로 수락한다. 조건은 공리처를 공리청(功利廳)으로 축소하되 완전히 독립시켜 재정

자립을 법으로 보장할 것, 공리청 조직이 안정되면 자신은 손을 뗄 수 있게 해줄 것, 이 두 가지였다. 자신이 가톨릭 신부이기 때문에 특정 종교로부터도 완전히 자유로워야 한다는 이유에서였다. 요청은 받아들여졌고 정치적·재정적으로 완전하게 독립된 공리청은 최 신부의 결단으로 빠르게 조직을 정비했다.

공리청의 조직은 가톨릭교회의 평신도 신앙공동체인 레지오 마리애(Legio Mariae)를 모델로 삼았다. '마리아의 군단'이라는 말뜻처럼 로마 군대 조직을 표방한 것이었다. 군대 조직을 표방한 사회복지단체라는 점에서 구세군과도 많이 닮아 있었다.

조직은 단순했다. 우선 가장 작은 피술자 그룹을 '쁘레(Prae)'라고 부르며 보통 한 사람의 최면술사가 하나의 쁘레를 관리한다. 그래서 신입 최면술사를 쁘레라고 부르기도 한다. 쁘레는 행정구역으로 치면 동(洞)이나 면(面) 정도의 규모라고 볼 수 있는데, 해당 지역에 대상자가 많으면 최면술사가 더 파견 나가기도 했다.

몇 개의 쁘레가 모이면 구(區)·읍(邑) 규모의 '꾸리아'가 되고, 꾸리아가 모여 시(市)·군(郡) 규모의 '꼬미트'가 된다.

꼬미트 위로는 '레지아(Regia)'가 있는데 도(都) 규모로 하나의 레지아마다 '레지오(Legio)'라고 불리는 최면술사 양성소가 설치되었다. 레지오는 전국에 걸쳐 모두 8개가 있다.

다시 그 위로는 '쎄나(Sena)'라고 하는 행정기관이 있는데, 피술 대상을 선정하고 최면술사를 파견하거나, 예산을 분배·집행하고, 공리청을 대변하는 등의 행정 업무를 맡는다. 임기를 마친 최면술사 중에서 복지·최면에 풍부한 경험이 있는 사람에게 의사를 물어 업무를 담당케 하고 있다.

쎄나 위 최상위엔 '콘(Con)'이라고 하는 최고 의결기구가 있다. 6명의 구성원이 누군지는 대외적으로는 물론이고 서로 간에도 철저하게 비밀로 한다. 중립성을 보장하는 보안 장치이다. 콘 스스로가 임무를 내려놓기 위해서는 다른 최면술사를 지명해 콘의 지위를 넘겨줘 대물림해야 한다. 하지만 대부분 최면술사가 콘의 역할을 명예로 여기기 때문에 큰 질병에 걸렸거나 사망이 임박한 상황이 아니라면 자신이 할 수 있을 때까지 임무를 맡는 것이 일반적이라 알려져 있을 뿐이다.

의결 과정은 이렇다. 쎄나에서 의결이 필요하다고 판단한 문제를 의논해 콘(Kon)이라고 불리는 서버에 올리면, 6명의 콘에게 메일이 보내지고, 돌아온 답변을 취합해 쎄나로 다시 내려보내는 과정을 거친다. 다만 의견이 만장일치로 나오거나 절반으로 갈리면 결정을 내리지 못하는 건 물론이고, 해당 의제는 3년 동안 다시 올리지 못한다. 만장일치를 감정에 치우친 판단이라고 보는 것이다.

의견이 절반으로 갈리는 의제도 마찬가지이다. 찬반이 예리하게 갈리는 문제이니 합의의 시간을 갖는 게 바람직하다고 보는 것이다.

콘의 의결이 자주 있는 건 아니었다. 레지오의 이전 문제나 소장의 임명 등은 쎄나에서 결정할 사안이고, 복지·최면의 핵심에 관한 의결에만 콘의 결정이 필요했다. 수년 전 '3년마다 최면술사들은 레지오에 재·입소하여 교육받아야 한다'는 정도의 결정이 콘에서 이루어진 가장 최근 의결이었다.

새로운 부임지에서 T의 첫 번째 피술자가 박련섭 할머니였다. 박 할머니의 죽음은 T를 크게 흔들고 있었다. 할머니의 마지막 표정은 그간의 노력이 헛되지 않았음을 말하고 있지만, 동시에 석연찮은 구석도 존재했다.

사고로 볼 수 없다는 건 현장 정황이 말하고 있었고, 자살 또한 절대 있을 수 없다고 최면술사인 T 자신이 보증했다. 피술자의 자살 충동을 억제하는 강력한 항·자살 최면 코드를 걸어두는 건 모든 최면술사의 의무에 해당했다. 더구나 T 레벨의 최면술사가 그런 실수를 할 리 만무했다.

알레스 구트가 복지로 언급됨과 동시에 사람들은 자살 충동을 가장 걱정했다. 당연한 일이었다. 죽음이 두렵지 않은 것과 자살 충동은 어쩌면 어느 지점에서 맞닿아 있는지도 모른다고 생각하는 사람들이 많았다. 이런 이유로 독립기구로서 공리청이 발족한 이래 최면술사들은 피술자들의 자살 충동을 억제하기 위해 온갖 노력을 기울여왔다.

공리청에서 최면 코드에 강력한 항·자살 코드를 필수적으로 설계하겠다고 발표하던 날, 정치인들은 남몰래 아쉬워했다는 후문이 있을 정도였다. 노인들의 치솟는 자살률을 낮출 수 있는 정책이 자신에게서 나왔더라면, 하는 속내였으리라. 그건 곧 원하는 만큼 권력을 연장해줄 도깨비방망이나 다름없었기 때문이었다. 그리고 현재까지도 피술자들의 자살이 보고된 적은 없었으며, 전국적으로 노인들의 자살률은 획기적으로 줄어들었다. 복지·최면은 이 한 가지만으로도 그 가치를 충분히 증명하고 있는 셈이었다.

박련섬 할머니에게는 분명 최면이 올바르게 시술된 듯 보였고, T의 실력 역시 누구에게나 충분히 인정받고도 남는 것이었다. T 자신도 박련섬 할머니가 자신의 최면에서 이탈해 자살하는 일은 불가능하다고 생각했다. 사고사의 가능성도 희박하고, 자연사도 제외하면 타살만이 남을 뿐이다.

'자살로 위장된 타살?' 꺼끌꺼끌한 입맛이 육교에서부터 T를 따라왔다. 게다가 자신의 전근에도 어떤 의도가 숨어 있다고 생각하는 터라 의심은 증폭됐다. 혹시 뭔가 해결해야 할 문제를 T 스스로가 알아내길 공리청이 바라는 건 아닐까, 싶기도 했다. 공론화할 수 없는 문제지만 믿을 만한 최면술사가 맞닥뜨려 자연스럽게 해결했으면 하는 그런 문제가 아닐까, 말이다.

T의 새로운 근무지는 최근 젊은 세대가 연이어 빠져나가고 가난한 노인들만 남겨져 삶의 지표는 바닥을 향해 곤두박질치고 있었다.

집사가 안내한 승애의 방은 거실과 비교해도 손색없이 넓고 화려했다. 방은 이미 사람들로 가득했다. 외가 친척들이었다. 그들은 익숙하게 T의 동선을 제외한 나머지를 점유했다. 화려한 장식 몰딩과 더불어 사람들 사이를 차지하는 앤티크 가구들 덕분에 그 넓은 방은 빈틈이 없어 보였다.

집사의 안내가 없어도 T는 승애의 집을 잘 알고 있었다. 벌써 3년째 드나들었기 때문이다. 자신을 최면의 세계는 물론이고 T 레벨로 이끌어 준 사무관Q의 부탁으로 시작한 사적인 최면 시술이었다.

'혹시 Q의 입김으로 이곳에 배속된……? 그럴 리가…….'

침대 모서리에 걸터앉은 승애는 3년 전부터 함구증을 앓아왔다. 처음 의뢰를 받았을 때만 해도 모두가 실어증이라 입을 모았었다. 하지만 최면을 통해 승애가 3년 전 어느 시점—아마도 엄마가 죽은 날 이전—으로 거슬러 올라가면 자연스럽게 말할 수 있게 된다는 사실을 알게 되었다. 다만 목소리와 내면까지 그때의 14세가 되었다. 병원에서는 뇌 손상에 의한 실어증이라기보다는 조건적이고도 선택적인 함구증—후천적 자폐증과도 연관이 있는—으로 보는 편이 옳다는 소견을 냈다. 어쨌든 말할 수 있는 신체 기능엔 아무 이상이 없다는 사실을 알게 된 것이다.

이 일을 계기로 T에 대한 가족들의 신뢰는 더욱 견고해졌다. 가족들은 T가 방문할 때마다 승애의 목소리를 짧게나마 들을 수 있었다. 아마도 승애의 목소리를 간절히 듣고 싶어 했던 쪽은 아버지 오승택보다는 외할머니였을 것이다. 3년 전 딸을 여읜 할머니는 손녀의 모습에서 딸을 발견하고 싶었을 테니까. 딸의 죽음이 손녀의 목소리까지 빼앗았을 것으로 짐작되는 까닭에 더 애틋하게 느꼈을 것이다.

T는 승애가 '그 시점'에 가까이 다가설수록 내면으로 더 깊이 숨어들게 된다는 걸 잘 알고 있었다. 그래서 최대한 상처가 되는 요소들은 배제하고 즐겁고 행복한 순간만을 만끽할 수 있도록 최면을 설계했다.

사실 T는 사무관Q의 의뢰임에도 승애의 최면 시술을 한동안 정중히 거절했다. 오승택은 누구나 알아주는 사업가였기 때문에 실력 있는 사설 최면술사를 고용할 형편이 되는 사람이었다. T는 가난한 노인들을 위해서만 봉사하고 싶었다. 하지만 그 많은 최면술사—그 중엔 최면술사 양성소의 고위 교육관도 포함된—를 마다하고 승애가 선택한 최면술사는 T가 유일했다. 어떤 이유로 T에게만 마음을 내어주는지는 아직도 알 수 없었다. T는 한참을 망설였다. 공리청 소속의 최면술사가 업무 시간 이외에 개인적인 최면 시술을 하면 안 된다는 규정은 없었지만, 자신을 기다리는 가난한 노인들에게 미안했기 때문이다. 휴식 시간도 그들의 몫이라고 생각했다. 하지만 승애를 직접 만난 이후엔 도저히 승낙하지 않을 수 없었다.

어린 나이에 몰려온 불행, 길을 잃고 어둠 속에서 헤매는 그 눈빛을 봐버렸다. 승애의 시술에는 더 세심한 설계가 필요했다. 한 번의 최면 유도론 승애의 닫힌 세계로 들어갈 수 없었다. 그건 눈을 감고 길을 걷는 것과 다름없었다. 어딘가에 부딪히면 무엇이 막고 있는지, 돌아가야 할지, 건너뛰어야 할지를 심사숙고해야만 했다. 그렇다고 다음번에도 그 자리까지 가는 길이 똑같으리라는 보장은 없었다. 질문은 같게 했는지, 아니면 달리 해야 할지, 존댓말을 해야 할 때도 있었고, 부드럽게 질문하는 편이 나을 때도 있었다. 그건 어쩌면 '빙벽'을 오르는 등반과도 같았다. 미끄러져 처음부터 다시 시작할 수 있으면 차라리 다행이었다. 어쩌면 영영 기회를 잃어버릴 수도 있었으니까.

T는 보수 대신 그만한 수준의 사회 기부를 요구했고, 오승택은 이를 받아들였다. T는 아주 잠시 자신을 이곳 꾸리아로 전근시킨 게 오승택의 재력이 아닐까, 의심하기도 했다. 하지만 그건 억측에 가까운 추측이라는 걸 곧바로 인정해야 했다. 공리청의 시스템은 오승택의 재력이 스며들 만큼 느슨하지도 않았고, 돈에 흔들리는 구성원도 없었다. 오히려 그 어느 때보다도 사회를 행복하게 만들고 싶다는 열정적인 최면술사들로 가득했으니까.

승애는 최면으로나마 14세의 활달한 소녀가 되어 아버지와 친지들의 무릎 위를 돌아다녔다. 그 자리에 행복하지 않은 사람은 아무도 없는 것 같았다. 가끔 T와 눈이 마주치는 사람들은 존경과 감사를 담아 인사했다. T는 행복한 승애의 모습을 보며 그 마음들을 받기로 했다.

하지만 그 아쉬운 시간이 끝나면 귀가를 서둘렀다. 승애는 다시 넋 놓은 17세로 되돌아왔고, 오승택과 외할머니를 포함한 친지들도 밝은 빛을 잃어버렸기 때문이다. 마법이 사라지는 색 바랜 장면을 지켜보는 건 언제나 달갑지 않았다. T는 승애와의 작별 인사를 끝으로 그렇게 황급히 떠나야만 했다.

T는 돌아가는 길에 다시 그 육교 위에 멈춰 섰다. 모두가 잠든 시간엔 가로등이 만든 그림자가 주인 행세를 했다. 할머니의 신발 대신 하얀 페인트 윤곽이 자리를 지키고 있었다. 당연히 경찰도 육교 위에서 이것저것 확인했을 것이다. T는 그들에게 사고사를 뒷받침해줄 단서들이 있기를 간절히 희망했다. 하지만 반면 큰 기대는 걸 수 없었다. 할머니의 구부정한 키보다 높은 펜스는 그렇다 쳐도, 가지런히 벗어놓은 신발은 사고사와는 거리가 멀어 보였기 때문이다. 마치 제 손으로 목을 졸라 자살한 것처럼. 그리고 왜 하필 이 육교인지 의문이었다. 평소 할머니가 다니지 않는 먼 곳까지, 그것도 폐지를 산더미로 실은 리어카까지 끌고 온 이유는 뭘까? 하필 CCTV도 없는 이 육교까지. 단순한 우연이 연속된 걸까? T는 육교를 건널 때마다 CCTV가 없는 이유를 궁금해했다. 육교 아래의 사고를 예방하는 일보다 과속을 단속하는 게 더 중요하다고 판단했던 걸까? 아나나 다를까, 육교 아래에는 과속 카메라가 양방향으로 설치되어 있었다.

할머니의 시신이 있던 도로 한 편엔 어느새 누군가 가져다 놓은 촛불과 꽃다발이 작은 제단을 이루었다. 그리고 T를 지켜보는 알 수 없는 시선도 어딘가에서 느껴졌다.

S802

건물 앞 작은 공원에는 한 무리의 복지과 직원들이 휴식을 즐기고 있었다.

그들은 다가오는 T를 알아보고 대화를 멈췄다. 앞을 지나칠 땐 가벼운 인사를 건넸지만, 다가와 말을 거는 사람은 없었다. T 쪽에서 다가섰더라도 난처한 표정으로 굳어버릴 분위기였다.

사람들은 T 레벨 최면술사를 향한 일종의 경외심을 가졌다. 근거 없는 소문도 이에 한몫했으리란 건 자명했다. 손을 대는 것만으로도 앞을 보지 못하게 만든다거나, 식물인간을 만들어버릴 수 있다는 그런 종류의 소문들. 이를 잘 알고 있는 T 역시 목례로만 답했다.

"방금 들어간 분, 블랙 로만칼라 아니었어?"

"몰랐어? 저분 T잖아. 벌써 한 달이 넘었지, 아마?"

"정말? 정말, T 레벨?"

"신문에도 나고 벌써 지역 방송에서 몇 차례 소개도 됐는데?"

"2청사로 지원 근무 나갔을 때 오셨나?"

"우리 같은 지역에도 T 레벨 최면술사가 다 오네? 근데 뭐가 많이 달라?"

"뭔 소리야? 어떻게……."

"이 친구 집안에 어르신이 한 분도 안 계시잖아. 모를 만도 하지. 보통 가톨릭이라고 하면 신부나 교황만 알거나 기껏해야 수녀 정도가 다라고 생각하기 쉽지. 추기경도 있고, 주교도 있고, 수사도 있다는 걸 아는 사람은 많지 않다고."

"나도 최면술사야 알지. 다만 T 레벨은 처음 보니까…… 자넨 뭘 좀 알아?"

"뭐, 우리도 비슷하지. 방송 보니까 최면술사 이니셜은 최면 유도·암시 수법과 관련 있다더라고."

"그건 우리 부서 담당이라 조금 자세히 알 수 있지. 제일 많이 볼 수 있는 퍼플 로만칼라를 하신 분들은 S를 붙이는데 '스태어(Stare)', 그러니까 '바라보는' 걸로 최면을 유도하는 분들이야. 회중시계를 흔들거나 촛불을 바라보게 해서 최면으로 유도하는 거지. 비교적 쉬운 대신 최면에 들어도 사람마다 정도가 다르고, 깊은 최면에는 도달하기 힘들다는 게 일반적인 평이더라고. 피술자 컨디션에 따라서 다른가 봐. 숙련된 최면술사는 눈동자를 응시하는 것만으로도 최면에 들게 할 수도 있다지, 아마."

"부작용도 없는 편이라 장기적으로 반복적인 암시에 좋다더라고. 좋은 습관을 들일 때나 그 반대 같은 경우. 담배를 끊는다거나 매일 규칙적으로 운동하게 하거나 일찍 잠자리에 들게 하는 것처럼 말이야. S 레벨이 가장 많이 보이는 이유가 그래서래. 퇴직 후에도 할 일이 있으니까."

"좋겠다! 연금도 받고 사설로 일도 계속하고."

"우리 딸 학원에도 S 레벨로 퇴직한 사설 최면술사가 한 분 있다더라고."

"산림과 호중이 알지? 그 친구 애가 틱 장애를 앓는데, 최면으로 효과를 많이 봤다지, 아마?"

"효과라면 세정과 임 주사가 왔다지! 그 나이 먹도록 애가 없었잖아? 그런데 시술 좀 받더니만, 그 기능이 개선됐다나 뭐라나."

"그 기능?"

"그게 안 됐는데, 시술 후엔 벌떡벌떡 서더라고 자랑하고 다녔대. 물론 확인할 수 없지만 말이야."

"그래서 S 레벨 최면술사를 지원하는 사람들이 제일 많다고 하는 거구나! 퇴직 후에도 계속 일할 수 있다고 하니까……."

"녹색 로만칼라도 본 것 같은데?"

"그분들은 W 레벨. '위스퍼(whisper)', 그러니까 '속삭이거나 읊조리는' 걸로 최면을 유도하는 거니까, 아무래도 목소리가 적합해야 한다는 정도가 조건이라면 조건일 거야. 저음의 목소리나 알 수 없는 소리로 유도하기도 한다는데 최면술사마다 다르다더라고."

"S 레벨은 피술자의 시선을 빼앗아야 하니까 어떤 환경을 만드는 특별한 노력이 필요한데, W 레벨은 열려 있는 청각이 타깃이니까 피술자 모르게 최면을 유도할 수 있다는 장점이 있지. 그래도 몰입도나 시간 면에서는 둘이 비슷한가 봐."

"조금 시끌벅적한 곳에서는 S 레벨이 유리하고, 조용한 곳에선 W 레벨이 유리한 정도랄까? 그리고 자격 요건이 하나 더 필요한 W 레벨 최면술사가 조금 더 희소가치가 있다는 정도 아닐까? 그래서 W 레벨은 문파도 많고, 도제 관계도 제법 엄격하다더라고."

"S 레벨은 문파가 없나?"

"없나 봐. 그냥 공무원이지. 우리 같은 개미. 전공이나 학력과 상관없이 시험 보고 붙으면 연수원 들어가서 몇 년 배우고 나와서 시술하는 복지·최면 공무원."

"생각보다 시시하네, 최면술사. 헬스장에서 조금 엄격한 PT 선생 같다는 얘기잖아. 하나 더, 하나 더, 하는……."

"그런데 T 레벨은 얘기가 다르지."

"아까 그 블랙 로만칼라?"

"응. T 레벨은 '터치(Touch)'하는 걸로 최면을 유도하는데, 가장 강력한 최면을 유도한다고 알려졌지. S랑 W 레벨이 건강보조제라면, T 레벨은 전문의약품이라고 할 수 있을 거야. 그래서 T 레벨은 큰 도시에서도 찾아보기 힘들다고 하더라고. 그 수가 적으니까. 되기도 힘들고, 수련하기도 힘들고…… 게다가 블랙 로만칼라가 의미하는 게 금욕이라고 들은 거 같아."

"되기도 힘들고, 수련하기도 힘들다고?"

"T 레벨은 우선 지원 자격 요건부터 다를 거야."

"어떻게?"

"일단 선택된 사람들이어야 한다는 거야. 선택 조건에 대해선 알려진 바가 없지만 아마도 선천적 재능이 있어야 한다는 얘길 거야. 그리고 본인이 이를 따른다면 오랫동안 수련에 들어가는 거고,

일정한 수준에 도달하지 못하면 W나 S 레벨 상태에 머무는 경우가 허다하대. 이분들도 도제 방식으로 수련하기 때문에 문파가 엄격하고 비밀스럽게 전해진대. 최면·복지 이전부터 명목이 유지되어 온 거라니까, 아주 오래된 전통이 존재한다고 봐야겠지."

"게다가 금욕한다고? 가톨릭 신부처럼?"

"문파마다 욕망을 절제하는 방식은 다르다고 하더라고. 어디까지나 자유의지지만. 아마도 타인의 삶을 통찰할 수 있는 살아있는 감각과 지성을 유지하기 위해서는 금욕이 전제되어야 한다고 믿는 게 아닐까, 싶어. 가톨릭 신부처럼 금혼(禁婚) 등의 세세한 규정은 없지만, 금욕으로 진정한 T 레벨 최면술사가 된다고 생각하는 것 같아. 어쩌면 T 레벨의 최면술사는 자발적으로 금욕하는 이타적 삶의 방식 때문에 더 존경받고 있는 건지도 모르지."

"그렇다고 T와 S나 W 레벨 사이에 지위고하가 있는 건 아닌데, 단단한 껍질 같은 무성한 소문들이 T 레벨 최면술사들을 감싸고 있다고 해야 할까?"

"어떤 사람들은 최초의 최면술사는 T 계열이었다느니, 복지·최면으로 세상에 드러나기 훨씬 오래전부터 존재했던 집단이라느니, 아주 오랫동안 간신히 명목만 유지되어온 최면술사 집단이 잠재된 T를 하나씩 깨우고 있다는 등의 소문들을 믿나 봐. 워낙 T 레벨 최면술사의 면면이 비밀스러운 데서 오는, 어쩔 수 없는 일이지만 말이야."

"그래도 우리 같이 외진 곳에 T 레벨은 좀, 어울리지 않잖아?"

"글쎄, 나도 그렇다고 생각하긴 했는데…… 시 의원 하나는 자기가 공리청에 요청해서 그렇다고 떠들고 다닌다더라고."

"그런 인간 말은 믿을 수가 있어야지! 그리고 달랜다고 줄 공리청도 아니고. 독립기관이라 어디 눈치 볼 필요도 없는데 말이야."

"어쨌거나 저분들이 가는 곳엔 언제나 저승사자도 함께한다고 보는 사람들이 많다고. 그래서 쉽게 다가가긴 힘들다고 봐야지."

"어쩐지 아까 어디선가 찬바람이 이는 것 같더라니……."

T는 누구보다 금욕적인 삶을 이어가고 있다고 자부했다. 부모님과 사별한 후론 줄곧 혼자 살면서 업무 이외의 어떤 사적인 인간관계도 만들지 않았다. 채식 위주의 식단을 고집했고, 자동차는 가진 적 없었다. 특별한 경우를 제외하고는 대중교통을 이용했다. 공리청에서 마련해주는 주거도 늘 최소한으로 요구했다. 이런 노력이 피술자들에게 신뢰를 준다는 사실을 잘 알고 있었기 때문이다. 하지만 그렇다고 항상 대중에게 환영받는 것도 아니었다. 최면술사의 주위엔 항상 죽음의 기운이 감돌기 때문이다. 최면술사가 만나

는 사람들은 곧 죽어도 이상할 게 없는 사람들뿐이니까. T 레벨 최면술사가 담당하는 피술자들은 특히 더 그랬다. T는 오히려 그편이 마음 편했다.

사실 T가 철저한 금욕적 삶을 택한 이유가 하나 더 있었다. 바로 짧은 한쪽 다리 때문이었다. 절뚝거리는 다리는 어릴 적 삶을 송두리째 흔들어 놓았다. 아주 작은 차이였지만, 적어도 T는 그렇게 생각하고 있었다. 양말 안에 모자란 만큼의 나무 깔창을 숨겨두었지만, 그렇다고 다리 일부가 될 순 없었다. 조심성 많은 T라도 잠시 넋을 놓는다면 언제든지 다시 절룩거릴 수 있다는 생각이 강박으로 작용했다. 물론 자신의 장애를 누구도 불편해하지 않는다는 사실을 잘 알고 있었지만, 어릴 적 트라우마는 쉽게 치유되지 않았다.

T는 박련섭 할머니에 관한 자료를 모두 책상 위에 펼쳐보았다. 적지 않은 양이었다. 최근 진료기록을 담은 서류도 거의 두꺼운 책한 권 분량이었고, 할머니 댁을 방문해서 찍은 사진들도 서류 박스를 가득 채웠다. 폐지를 주우러 다니는 동선을 표시한 지도며, 고물상 사장과 인터뷰한 테이프도 상당한 양인데, 프린트하지 않은 사진까지 보태면 훨씬 더 많을 것 같았다. 그래서인지 어떤 자료들은 얼마 지나지 않았는데도 매우 낯선 느낌까지 들었다. 어떤 관계

인지 모를 사람들의 사망진단서며, 처음 보는 듯한 사진들도 눈에 띄었다.

T는 다시 한번 들여다볼 요량으로 낯선 자료들은 한 편으로 떼어냈다. 나머지는 모두 할머니를 인터뷰한 녹화 테이프들이었다. 디지털 데이터로 저장된 것을 보관용 아날로그 테이프로 기록한 것들이었다. 한 사람의 역사를 손에 만져지는 물상으로 인식하려는 T 나름의 인도적 배려인 셈이다. 하지만 아이러니하게도 사망 후엔 아날로그 자료들 역시 모두 소각되어 사라진다. 그 주인처럼.

T는 전근 첫날, 그러니까 대략 6주 전 건물 입구에서 퍼플 로만 칼라의 남자와 마주쳤다. 최면술사 S802였다. 풀네임은 모르지만, 이 꾸리아에만 10여 명의 S 또는 W 레벨의 최면술사가 있고, 전임인 그가 S802로 불리고 있다는 것만은 기억했다. S802가 T를 알아보고 밝은 미소로 인사했고, T 역시 환한 웃음으로 답하며 스쳐 지나갔다. 공리청은 최면술사들 간에, 특히 전임과 후임의 대화를 자제토록 하고 있었다. 피술자에 대한 정보가 오직 서류를 통해서 전달되어 사견이 옮겨붙지 않도록 한다는 방침 때문이었다. 듣기로 S802는 T 레벨 최면술사가 되는 것에는 별 관심이 없다는 것 같았다. 진작부터 가정을 꾸렸기에 돈이 된다는 사설 최면에 더 적극적

이라고. T는 그 소문이 오히려 반갑게 들렸다. 자신 때문에 현 꾸리아의 수석 최면술사라는 명예를 빼앗겼다고 아쉬워하지 않을 것 같았기 때문이다. 어쩌면 S802에겐 자신에게 주어진 더 많은 시간이 반가울지 몰랐다. 어쨌든 그는 다른 층으로 자릴 옮겼다. 바로 옆에서 업무를 지원해주던 공무원들이 있던 층에서 교무실처럼 S, W 레벨 최면술사들이 벌집처럼 칸막이를 두고 북적대는 층으로. T는 S802가 빨리 적응하기를 바랐다.

T의 첫 출근은 이전의 경우들과 크게 다르지 않았다. 이미 공리청 직원들이 다녀갔다는 연락을 받았다. 지급된 출입 카드의 사용 가능 여부는 사전에 확인했을 것이고, 출입문을 지키는 보안 직원들에게도 T의 출근 사실을 미리 일러뒀을 것이다. 사무실 역시 원래 사용하던 집기들을 포함한 세세한 환경까지도 그대로 복제하듯 옮겨 놨으리라.

T는 누구에게도 업무 상황을 보고할 필요가 없었다. S와 W 레벨 최면술사들이 공리청 인트라넷에 접속해 자신들의 복지·최면 업무를 상세하게 보고해야 하는 것과는 큰 차이가 있었다. T 레벨 최면술사들은 스스로 필요성을 느낄 때만 연락하는 것으로 충분했다.

첫 업무는 피술 대상자들의 순서를 정하는 것에서 시작하기로 마음먹었다. 자신의 사무실은 바깥에서 흘깃 들여다보고는 곧장 과장에게 가서 면담을 신청했다.

T와 복지과 과장이 접객 소파에 앉아 이야기를 나눌 때, 직원 하나가 조심스럽게 다가와 서류를 내밀었다.

"공립병원에서 보내온 명단입니다. 고령자에다 중한 지병이 있는 순서로……."

과장이 난처한 표정으로 서류를 밀어내려 했다.

"아, 아니 오시자마자!"

T가 재빨리 서류를 받아 살폈다.

"아닙니다. 제가 들어오면서 부탁한 겁니다. 이 내용 스프레드시트 파일로도 가지고 계시나요?"

"네."

"여기에 정보 몇 가지 더 추가해서 다시 뽑아주시겠어요?"

"어떤……?"

"최근에 배우자를 잃고 혼자되신 분들과 병세가 호전되지 않았는데 치료를 중단하거나 거부하고 계신 분들을 우선순위로 올려주세요. 그리고 한 페이지에 세 분씩 편집해주시고요. 제가 인트라넷에 들어가 확인해볼 수 있도록 해당 노인의 복지번호와 되도록 최근에 면담한 의사의 연락처도 표기해주시면, 감사하겠습니다."

"네, 알겠습니다."

직원이 자리로 돌아가려고 돌아섰다.

"아, 그리고 하나만 더요. 혹시 복지·최면을 거부했던 적이 있거나 여전히 거부하는 경우를 우선순위로 올려주세요. 그런 경우 아마도 담당 최면술사의 간단한 소견도 붙어 있을 겁니다. 그것도 문서에 포함해 주세요."

"네, 알겠습니다."

직원은 총총걸음으로 사라졌다. 과장은 참았던 궁금증을 드러냈다.

"본인이 싫다고 하면 어렵지 않겠어요? 게다가 최면에 빠지지 못한다면 더……."

"억지로야, 되겠습니까? 하지만 어떤 식으로든 혜택이 돌아가도록 노력해야 하니까요. 복지·최면도 다른 사회복지와 다를 게 없습니다. 지척에서 일상을 지켜보는 것만으로도 도움이 될 때가 많죠. 혹시 아픈 데는 없는지, 생활환경은 불편하지 않은지 체크하다가 도움이 필요하면 조심스레 다가가는 걸로 충분한 거예요. 그분들 삶을 방해하지 않고, 휴식 시간을 벌어주면 되는 거죠. 그렇게 시작할 겁니다."

"저, 죄송한 말씀인데, 정말 궁금해서……."

"말씀하세요."

"정말 최면으로 임종 직전 죽음의 공포를 극복하시던가요? 직접 본 적이 없어서……."

T는 잠시 생각을 정리했다.

"……단 한 사람도 예외 없이, 그리고 예고 없이 인생이라는 기차여행에서 내려야 한다는 걸 모르는 분은 없으세요. 길 안에서 길 밖으로 내려서는 거죠. 그런 거라면 최면 전후가 다를 게 없습니다. 다만 최면은 놔두고 내리는 짐 없이 홀가분하게 내릴 수 있다고 안도하게 하는 거지요."

아까의 직원이 다시 서류를 들고 와 건넸다. T가 훑어보고는 흡족한 미소를 지었다.

'박련섬. 여든셋. 6개월 전에 남편을 여의었다. 그때부터 지속해서 받아오던 담석 치료를 거부하고, 여전히 폐지 줍는 일을 하신다. 복지·최면은 거부, 사유는 불명. 담당 최면술사…… S802.'

"좋습니다. 박련섬 할머니부터 약속 잡아주세요."

"언제로 할까요?"

"최대한 빨리요."

T는 사무실에서 화초 잎을 닦다가 직원의 연락을 받고 곧장 박련섬 할머니 댁으로 향했다.

할머니와 상의해서 약속 시간을 잡았다는 복지과 직원의 메시지를 재차 확인했다. 하지만 할머니는 댁에 없었다. 최근 치료도 거부하고 폐지 줍기에만 열중하고 있다는 기록을 떠올렸다. 문 앞을 한참 서성이다가 아무렇게나 꽂혀 있는 할머니의 쪽지를 발견했다.

들어가 계슈

할머니의 오래된 주택은 아파트에 둘러싸여 햇볕이 귀했다. 그래서 보호받듯 갈취당하고 있다는 느낌이 들었다. T가 살짝 열린 문을 밀어 마당에 들어섰다. 집은 오래됐지만, 꾸준히 관리받고 있다는 느낌이 들었다. 마당을 밝히는 갓등의 스위치가 최근에 교체된 것이었으며, 바닥에서 튀어나온 수도전이 깨끗한 천으로 꽁꽁 감싸져 있었다. 아마도 매년 겨울을 앞두고 교체되지 않았을까, 싶었다. 현관문을 비롯한 창문들은 마당을 향해 활짝 열려 있었고, 제법 너른 평상 한 편엔 빨간 고추가 아파트 숲을 비집고 나온 한 줌 볕을 쬐고 있었다.

평상 남은 자락에 엉덩이를 걸치고 흘깃 안을 들여다보니 실내등은 모두 꺼져 있었다. 한동안 주변을 관찰하는데 발밑을 보고 깜짝 놀랐다. 제 발에 턱을 괸 늙은 개 한 마리가 T의 발 옆에서 눈을 껌뻑거리고 있었기 때문이었다. 처음 보는 사람에게도 짖지 않았다. 개도 나이를 먹으면 달관하는 걸까?

T는 아예 평상에 자리를 잡기로 했다. 마당에서도 집 안을 관찰할 수 있는 자리였다. 늙은 개도 평상 근처가 제 터인 양 뿌리를 내렸다. 집안을 힐끔거려 보니 낡디낡은 외관과는 비교도 되지 않을 정도로 오래되어 보였다. 시간이 켜켜이 쌓인 퀴퀴한 냄새가 시각으로 전달되어 더 어두워 보였다.

뭔가 달그락거리는 소리에 T는 몸을 일으켰다. 평상에서 잠이 들었던 모양이다. 백발의 할머니가 옆에서 빨간 고추를 천으로 닦고 있었다. 문 옆에는 들어올 때 보지 못했던 폐지와 폐품들이 잘 정리되어 있었다.

"죄송합니다. 제가 깜빡 잠이 들었습니다."

할머니는 아무런 대꾸도 하지 않았다. 대화 없이 어색한 시간만 마냥 흘렀다.

"정성스럽게 닦으시는 거 보니까 김장 때 쓰실 건가 봐요?"

할머니는 바로 대답하지 않았다. T가 머쓱한 기분으로 마당 한편 조각난 하늘을 올려다봤다.

"얼마 남지 않은 늙다리가 좋은 거 먹어서 뭐 할라꼬? 내 다 팔아야지!"

"아~ 그러시구나! 그런데 돈 많이 벌어서 뭐 하시려고요?"

"알아서 뭐 하게!" 할머니는 버럭 역정을 냈다. 그리고 잠시 숨을 골랐다.

"내 얼굴 봤으니까 이젠 그만 가보셔! 그리고 연금이나 빠트리지 말고!"

"연금이라뇨?"

"그 최면인가 뭔가 안 받으면 연금도 받을 수 없다는 거 아냐! 그렇지 않아도 살기 힘든데. 다른 노인들은 최면 받는다고 줄을 섰는지 몰라도, 나는 그딴 거 믿지 않는다고. 아네슨가 뭔가, 해괴망측한 말도 믿지 않고. 나는 그냥 기초생활 연금만 받으면 그만이라고!"

"아~ 그렇게 아셨구나! 연금은 최면과 상관없이 받을 수 있어요. 그리고 최면, 그거 대단한 거 아녜요."

할머니가 고추 닦던 손을 멈추더니 의심 가득한 도끼눈으로 물었다.

"그럼, 뭐 하러 나왔어?"

"예전에 복지사들이 하는 거나 흉내 내고 월급이나 타 먹으려고 나온 거죠. 일이나 좀 도와드리려는 거예요. 아무것도 안 하고 꼬

박꼬박 돈만 챙길 순 없잖아요."

"그런 얘길 왜 다른 놈들은 빼먹…… 일을 도와준다고?"

"네. 폐지 줍는다고 하시니까 리어카를 끈다거나 하는 거요. 그리고 의료 혜택이나 주거 복지 같은 거 무상으로 나오는 거 빠트리시지 않게 살펴드리는 거죠, 뭐."

도끼눈은 사라졌지만, 의심은 수그러들지 않았다.

"정말? 최면 같은 건 없어?"

"최면요? 그거 별거 아녜요! 마라톤처럼 두 시간 내내 달리다가 탁 트인 곳에 서면 같은 바람이라도 더 시원하게 느껴지잖아요? 뭐 그런 거예요. 복지 최면도 비슷한 거예요. 그래도 열심히 살았다는 생각이 들 수 있도록 돕는 것뿐이에요."

"시시하네."

할머니는 표정으로 이미 대답해버렸다. T도 어느새 손수건으로 빨간 고추를 닦고 있었다.

다음날부터 T도 박련섭 할머니와 함께 폐지를 주우러 다니기 시작했다. T가 리어카를 끌면 할머니는 계속해서 폐지를 주워 담았다. 그 순간만큼은 할머니의 삶 한복판을 함께 걸었다. 그러다 보니 폐지를 줍는 일은 절대적으로 노인들의 일이란 것을 알게 되었다. 하루 종일 운이 좋아 줍고, 때론 구걸해서 얻어도 절반도 채우기 힘들었다. 혹여 가득 채워도 그걸 값으로 환산하면 감당할 수 있는 건 노인들이 유일했다. 노인들은 그것이 기쁘게 명을 재촉하는 길이라는 사실을 어렴풋이 알고 있는 것 같았다.

T는 최면이라는 단어조차 되도록 입에 담지 않고 묵묵히 리어카를 끌었지만, 할머니는 최면이란 걸 정말 할 수 있다면 고물상 주인에게 걸어달라고 은근히 종용했다. 그땐 폐지 무게나 자신이 받을 돈에 '공(0)'을 하나 더 붙여 달라고 또박또박 얘기했다.

그날부터 T는 다른 볼일 중에라도 폐지를 발견하면 가까운 상점 같은 곳에 맡겨 놓고, 다음날 찾아가곤 했다. 그다음 날에도, 또 그다음 날에도. 필요하다면 계속 찾아갈 생각이었다.

할머니도 자신에게 든든한 일꾼이 생긴 걸 인정하지 않을 수 없었는지, 언제는 묻지도 않았는데 자기 이름에 대해 선뜻 말을 꺼냈다.

"내 이름, 무슨 뜻인지 알라나?"

"이름요? 련 자, 섬 자요? 글쎄요, 모르겠는데요?"

"그리워할 련(戀)에 두꺼비 섬(蟾)을 쓰지."

T를 올려다보는 표정에 살짝 개구쟁이 미소가 묻어 나왔다.

"두꺼비요?"

"그래, 두꺼비."

"여성분 이름에 두꺼비는 좀 예상 밖인데요?"

"그렇지? 그런데 나중에 어른들한테 들으니까, 두꺼비가 복을 가져온다는 거야. 그래서 여자아이 이름에도 섬을 곧잘 쓰곤 했다지 뭐야."

"에이~ 그래도 좀 그렇다. 여자 이름에 두꺼비는……."

"그렇지? 나도 그게 불만이었어. 그런데 어느 날 오라비 옥편이 눈에 들어오더라고. 그래서 좀 찾아봤지. 글쎄 거기에 내 눈을 번쩍 뜨이게 하는 게 있지 않았겠어?"

할머니는 T가 궁금해 안달이 나는 꼴을 보고 싶다는 표정이었다. 그래서 T도 할머니 장단에 최선을 다해 맞춰드리고 싶었다. 이야기에 폭 빠진 표정으로 물었다.

"그게 뭔데요? 뭔가 전혀 예상치 못한 뜻이 있었어요?"

"달빛. 섬에는 달빛이라는 뜻도 있지 뭐야. 결국 달빛을 그리워한다는 이름이잖아. 얼마나 멋있냐고! 게다가 두꺼비는 복을 의미하기도 하니까 말이야. 그래서 아명(兒名)도 두껍……."

할머니는 갑자기 말문을 닫아버렸다. T도 본능적으로 더 이상 물어선 안 된다는 걸 직감했다.

다음날, 할머니는 최면을 자청했다. 해야 할 거면 해버리자는 뜻
이었는지, 무슨 생각이 들어 그러는지 T는 알지 못했다. 집 안으로
들어간 것도 그날이 처음이었다. T는 되도록 많은 것들을 눈에 담
아두기 위해 은근슬쩍 주위를 둘러보는데, 할머니는 방에 들어서
자마자 서둘렀다.

"어떻게 하면 돼?"

"영 내키지 않으시면 안 하셔도 돼요. 말씀드렸듯이 연금에는
아무 영향 없습니다. 누구 믿을 만한 분을 옆에 두셔도 되고요."

"신경 쓰여. 그냥 해!"

"알겠습니다. 약간의 절차가 있어요. 할머니께서 정말 원하시는
지를 확인하는 거랑요, 저도 보고할 곳이 있어서 영상 촬영을 해야
해요. 괜찮으시겠어요?"

"글쎄, 알았다고!"

T는 질문을 통해 할머니에게 편안한 환경을 하나씩 만들어나갔
다. 할머니는 벽에 기대어 앉고, 그 앞으로 소반을 놔드렸다. T도
그 앞에 마주 앉았다. 창문은 열린 그대로 두었고, 조명으로는 촛
불 하나만 켜놓았다.

할머니는 물 한 잔을 천천히 마신 후 눈을 감았다. T는 작은 비
디오카메라를 트라이포드 위에 설치했다. 영상 촬영만큼은 T 레벨

최면술사에게도 의무 사항이었다. 최면의 시작부터 각성 후까지의 전 과정을 촬영해야만 했다. 그 자료만큼은 어떤 최면술사라도 공리청 서버에 올려야 하고, 공리청 역시 이 영상 데이터는 영구적으로 보관해야 한다. 신뢰에 관한 문제였으니 예외는 없었다. 규정에는 없지만, T는 휴대폰으로 예비 영상을 하나 더 저장했다. 피술자를 위한 것이 아닌 최면술사인 자신을 위한 것이었다. 최면술사 역시 객관적으로 자기 행위를 인식해야 최선의 결과가 나올 수 있고, 업무상의 단점을 파악하는 데 도움이 되리라는 판단에서였다.

할머니에게 간단한 인적 사항을 묻고는 최면에 응할 준비가 되었는지를 물었다. 할머니는 고개를 끄덕여 응대할 것임을 알렸다.

"최면이라고 해도 저희 대화는 다 기억하실 수 있습니다. 다만 조금 현실감 있게 어릴 적, 혹은 기억이 흐릿한 과거 시점으로도 돌아갈 수 있는 정도죠. 원활한 시술을 위해 할머니를 박련섬 님이라고 부르겠습니다. 괜찮으시죠?"

할머니는 이번에도 고개를 끄덕였다. T는 할머니의 두 손을 천천히 포개어드렸다.

"최면은 깊은 잠이라는 뜻이에요. 하지만 제 얘기는 아주 또렷이 들릴 겁니다. 조금 있으면 깊은 잠에 드실 수 있을 겁니다. 조금씩 눈꺼풀이 무거워질 거예요. 하나, 둘, 셋!"

할머니의 감은 눈꺼풀이 파르르 떨렸다.

"박련섬 님, 거실에 아주 잘생긴 남자 분 사진이 하나 걸려 있던데, 혹시 남편이신가요?"

할머니는 고개를 끄덕였다.

"어떻게 만나셨어요?"

"뭐, 남들처럼 만났지. 같은 마을에서 나고 자랐으니까."

"많이 사랑하셨나 봐요?"

할머니는 고개를 끄덕이려다가 절레절레 저었다.

"왜요? 남편이 힘들게 하셨나요?"

"내가 싫어하는 일도 가끔 했지."

"가령 어떤 일들이죠?"

"그걸 어떻게 일일이 얘기해? 뭐 그렇다는 거지."

"평범하셨다는 얘기죠? 알겠습니다. 그러면 제일 사랑했던 사람은 누구였을까요? 아무래도 부모님이 생각……."

할머니가 눈꺼풀에 힘을 주는가 싶더니 갑자기 번쩍 눈을 떴다.

"아무래도 최면이 걸리지 않을 거 같은데…… 미안하네. 다음에 다시 해야겠어."

"아, 괜찮습니다. 사람마다 조금씩 다르거든요. 편하실 때 다시 말씀해주세요."

72

T는 비디오카메라를 챙기고 자리에서 일어섰다. 사실 T는 할머니에게 최면을 걸지 않았다. 말과는 달리 할머니가 여전히 최면을 거부하고 있다는 걸 느낄 수 있었기 때문이다. 자신이 원하지 않는 뭔가가 드러날까 노심초사했다. 그런 최면은 오히려 역효과를 가져올 수 있었고, 각성 이후에도 후회로 남기 쉬웠다. 왜곡된 무의식이 끌려 나올 수도 있었다. 사실도 아니고 무의식도 아닌 일그러진 그런. 그래서 조금씩 편하게 대화를 유도하다가 할머니가 진심으로 도움을 원해 스스로 그 무언가를 꺼내길 기다리기로 한 것이다.

박련섬 할머니는 그 짧은 시간 동안 힘들었는지, 이불 위에 드러누워 가쁜 숨을 몰아쉬었다. T가 인사를 드리고 나서려는데 마당에 젊은 청년 하나가 할머니의 리어카를 더듬고 있었다.

"누, 누구요?"

T가 크게 소리쳤다. 그랬더니 저쪽에서도 큰 소리로 응수했다.

"누, 누구세요?"

청년도 놀라는 눈치였다. 청년은 손에 들고 있던 용접봉을 권총처럼 내밀면서 T를 위아래로 훑어봤다. 그제야 할머니가 천천히 일어나 앉으며 원래의 힘 있는 소리로 말했다.

"놀래지들 마시게. 저 녀석은 봉수라고 가끔 나 죽었나, 살았나 들여다보는 친구라오. 바깥양반 살아 있을 때부터 제집처럼 드나

들었다오. 게다가 아주 잔소리가 심한 녀석이지. 봉수야, 여긴 나라에서 나오신 분이니까 놀라지 말거라! 그리고 오늘은 그만 돌아가거라. 나 혼자 생각할 게 좀 있단다."

T는 청년과 함께 걸었다. 금봉수라고 자신을 소개한 청년은 다짜고짜 자신의 꿈도 최면술사라고 말했다. 이미 1차 시험을 거쳐 2차 서류도 접수한 상태라며, 그것이 돌아가신 할아버지 뜻이라고 했다.

"하지만 저는 일반 최면술사 말고 AI나 빅데이터를 활용하는 엔지니어 최면술사가 되고 싶어요."

"돌아가신 할아버지라면 박련섬 할머니의 부군 되시는……?"

"네. 친조부는 아니지만 고마운 분들이세요. 전 보육원을 뛰쳐나와 줄곧 거리에서 자랐어요. 변명 같지만, 몸도 약해서 아무것도 할 수 있는 게 없었어요. 그러다 나쁜 길로 들어섰어요. 할아버지께서 그런 저를 꺼내 보살펴주셨고요. 참, 빤한 얘기죠?"

"실례가 안 된다면 어떻게 만나셨는지 들어볼 수 있을까요? 그 나쁜 일이란 게……?"

"불법 도박 사이트 운영조직에 들어갔어요. 다른 머리는 다 안 되는데 그래도 프로그래밍 쪽으로는 좀 돌아가더라고요. 해킹 프로그램 짜고 그런 거요. 전자기기 만지는 것도 좋아해서, 그런 쪽으론 좀 빠삭해요. 사실 그땐 그게 그렇게 재미있을 수가 없었어요. 그래서 못된 짓도 많이 했죠. 해킹하고 불법 사이트도 열고 그랬어요. 자랑은 아니지만 유명했어요. 그런데 그런 삶이 빤한 거잖아요? 경찰서를 밥 먹듯이 들락거렸지요. 어느 날 유치장에 있던 제게 따뜻한 밥을 넣어주신 분이 바로 할아버지셨어요. 그릇 밑에 쪽지를 넣어 두셨더라고요. 잘 곳 없으면 오라고. 지금 뒤돌아보면 무슨 용기로 그런 건지 잘 모르겠어요. 유치장 나오자마자 그 주소를 찾아갔거든요. 아마도 예전 거리로 돌아가면 다신 헤어날 수 없으리라 생각했었나 봐요. 그날 할아버지, 할머니, 저 셋이서 아무 말도 없이 함께 밥을 먹었어요. 할머니가 이불을 펴주시고 할아버지는 갈아입을 옷을 내오셨어요. 다음날도, 그다음 날도 그랬어요. 언제부턴가 폐지 줍는 일도 돕고 저녁엔 책상 펴고 공부도 했죠. 꼭 그 집 아들 같았어요. 그러다가 할아버지 돌아가신 뒤로 집을 나오게 됐죠."

"왜요? 옆에서 계속 좀 도와드리시지, 그랬어요."

"어휴~ 웬걸요! 할머니께서 막무가내로 절 내쫓으셨어요. 독립해서 혼자 힘으로 살 수 있어야 한다면서요. 그러면서도 살 집이랑 학교 등록금이며 당분간 쓸 돈도 다 주셨어요. 당신 걱정은 눈곱만큼도 안 하시면서…….."

그래서 봉수는 할머니가 폐지 주우러 나간 사이에 집안 곳곳을 손보고 돌아가곤 했다고 덧붙였다.

"최면술사는 왜 권하셨던 거예요?"

"꼭 최면술사가 되라던 건 아니셨던 거 같아요. 그저 모든 기술은 좋은 쓰임과 나쁜 쓰임이 있다고 하셨어요. 이전에 나쁜 짓 많이 했으니까 봉사할 수 있는 분야에 제가 좋아하고 잘하는 기술을 접목하라던 게 아닐까, 싶어요. 저도 최면술사는 적성에 맞지 않는다고 생각했고요. 그때 최면술사보다는 공리청 엔지니어를 떠올렸던 거예요."

"……혹시나 해서 말씀드리는 건데, 공리청에 엔지니어는 없는 건 아시죠?"

봉수가 T를 보고 해맑게 웃었다.

"네. 잘 알고 있습니다. 그런데 필요하지 않을까 싶어서요."

"아까 말씀하셨던 그 하이테크…….."

"네. 그런 쪽으로요."

"조금 더 설명해주시겠어요? 사실 전 최면 유도에 어떤 기술이나 도구를 사용하는 쪽으론 전혀 아는 게 없거든요. 촛불이나 라이터 말고는…….."

봉수는 잠시 망설였다. 그리고 천천히 입을 뗐다.

"혹시 피술자가 최면에 걸렸는지 안 걸렸는지 알아낼 수 있는 장비가 있다면 도움이 될까요?"

"네? 그런 게 가능해요? 사실 같은 레벨 최면술사들에 의해 유도된 피술자들은 조금 알아챌 수 있습니다. 하지만 타 레벨 최면술사들이 유도한 피술자들은 느낌만 있다고나 할까요? 사파(似派)들은 전혀 모르고요."

사파란 공리청에서 인정한 최면술사 이외의 비공식 최면술사 집단을 지칭하는 광의의 개념이다. 더 오래됐을 수도, 더 강력할 수도, 더 많을 수도 있다. 하지만 정확한 실체는 알려진 바 없다. 집계한 적도, 알려고 한 적도 없으니까. 잘 알려지지 않았다는 건 누군가에겐 두려울 수도 있다는 얘기가 된다. 복지·최면술사를 은퇴한 사설 최면술사와는 전혀 다른 차원의 사람들이다. 어쩌면 그들이 본류일 수도.

"아직 완벽하진 않아도 가능하다고 생각해요. 책에서 그러는데 사람 표정은 만 개 정도래요. 그 표정을 만드는 데는 일정한 근육이 관여하고요. 그리고 표정은 인종이나 문화와 상관없이 보편적인 거라고 하더라고요. 독일의 한 연구소에선 표정에 관여하는 근육의 움직임 지도를 발표하면서 영상으로 판독할 수 있는 코딩도 공개했어요."

그러면서 봉수는 자기 백팩에서 케이스 없이 얼개가 다 보이는 구형 카메라를 하나 꺼내 보여줬다. 카메라는 수작업으로 가져다 붙인 LED 모니터가 하나 더 붙어 있었다. 봉수는 자기 얼굴을 테스트로 비춰 보여주면서 LED 모니터의 쓰임새를 설명했다.

"최면에 든 피술자는 근육 조합에 변형이 온다는 거예요. 다시 말해서 감정을 표현하는 표정과 이에 관여하는 근육이 다른 조합으로 작동하는 거죠. 마치 틱 장애가 표정에 드러나는 것처럼 말이죠. 물론, 이건 제 생각이 아니고 어느 학술지에서 본 거예요. 이 카메라는 그런 표정을 잡아내는 거예요. 정상적인 근육 움직임을 코딩해놓고 그와 다른 표정을 포착하는 거죠."

"와! 대단한데요!"

봉수는 의기양양하게 설명을 이어 나갔다.

"모니터 아래에 녹색, 주황색, 빨간색 LED 점이 각각 열 개씩 보이죠? 그게 최면에 몰입한 정도를 표시하는 거예요."

봉수 얼굴에서 노란 사각형이 근육을 포착하느라 빠르게 움직이고, 그 아래 LED 점은 녹색 영역에서 점멸하고 있었다.

"아직은 코딩을 수동으로 다운받아 인스톨하는데, 나중엔 와이파이로 실시간 업데이트되도록 할 거예요."

"저도 한번 봐주실래요?"

T가 얼굴을 살짝 내밀었고, 봉수가 신이 나서 포커스를 T에게 맞췄다. 노란 사각형이 T의 얼굴을 빠르게 훑었다. 사각형은 탐색하는 근육에 따라 커지고 작아지기를 반복하며 데이터를 읽어냈다. LED 점이 녹색 최저점과 빨간색 최고점 30개 구간 사이에서 불규칙하게 점멸했다.

"어때요?"

T가 결과를 기대하자, 봉수는 당황한 기색으로 카메라 옆면을 몇 번 두드리더니 결국 슬그머니 전원을 껐다.

"아, 아쉽게도 아직은 값이 좀 튀어요. 유의미한 결과를 끌어내려면 테스트를 거쳐야 해서요. 하지만 곧 제가 원하는 형태로 바꿀 겁니다. 안경 형태로 만들 거예요. 그래야 상대가 알아채지 못하니까요. 완성되면 테스트를 좀 부탁드릴게요."

"물론이죠. 많은 최면술사가 피술자의 최면 상태를 궁금해해요. 어느 정도는 알고 있지만, 확신까지는 아닌 거죠. 제가 잘은 모르지만 매우 논리적인 것 같아요. 어느 정도 만들어지면 꼭 알려주셨으면 좋겠습니다."

봉수는 지원자를 만난 것처럼 환하게 웃었다.

하나, 둘, 삼, 넷
당신은 숫자 삼을 따라
깊은 잠에 빠집니다

사무실 전화벨이 울렸다. 자신을 강창근 형사라고 소개했다.

「티일육사, 대시, 사이히읗시옷(T164-42ㅎㅅ)이시죠? 풀네임, 이렇게 호칭하는 게 맞나요?」

"그냥 T라고 불러주세요. 이 구역엔 저밖에 없으니까요."

「네, 고맙습니다. 몇 가지 여쭤볼 것도, 부탁할 것도 있어서 사무실로 전화를 드렸습니다. 휴대폰은 평소에 꺼놓고 계신다고 들었거든요.」

강 형사는 박련섬 할머니 사망에 강한 의문점을 가지고 있으며 이를 수사 중이라고 용건을 꺼냈다. T는 육교에서 자신을 지켜보던 시선을 떠올렸다.

강 형사는 박 할머니가 자살한 게 아니라고 생각하지만, 사고사 역시 믿기 힘들다고 소신을 밝혔다. 그러면서 T의 생각은 어떠냐고 넌지시 물었다. 추궁의 느낌이 묻어나왔다. 그럴 수밖에 없을 것이다. 할머니의 죽음에 누군가 책임이 있다면 할머니 주변에서 일어난 변화에서 시작해야 할 테니까. T 역시 같은 생각이라고 대답했다.

「극단적인 선택도 아니고 사고사도 아니라면…… 타살일 가능성이 있다는 말씀인가요?」

"……그렇게 되나요?"

「트럭 운전기사의 얘기를 들어보면 갑자기 땅에서 나타났다고 말하고 있거든요. 그 얘기는 육교 위에서 떨어졌다가 도로 위에서 비틀거리며 일어섰다는 얘기가 되지만, 그건 어디까지나 기사 자신이 믿고 싶은 얘기를 했다고 생각합니다.」

"트럭 운전기사라고 하면, 그 육교 옆에 있던……."

「네, 그렇습니다. 운전 중 부주의로 전방 주시에 미흡했을 수도 있거든요. 음주 측정에선 별다른 게 나오지 않았지만, 사고 당시 트럭 속도는 상당한 과속 상태였습니다. 운전기사의 말과 다르게 말이죠. 사고 현장에 할머니의 리어카가 있었던 걸로 짐작건대, 길 건너편 폐지를 주우려고 무단 횡단하다가 사고를 당한 건 아닐까, 싶습니다. 사실 이 가정이 가장 개연성 있는 것이지만, 육교 위에서 떨어졌을 가능성에도 상당한 무게를 두고 있습니다. 자세한 건 국과수에서 부검 결과가 나오면 알 수 있겠지만 말이죠.」

"혹시 육교 위 꽃신을 보셨나요?"

「네, 물론 확인했습니다.」

"어떻게 생각하시나요?"

「할머니 신발임을 확인할 수 있었습니다. 가까운 지인이 증언해주셨거든요. 하지만 저는 할머니께서 극단적인 선택을 위해 그곳에 올라가 신발을 벗었다고 보지는 않습니다. 만약 그랬다면 현장까지 리어카를 끌고 가지 않았을 겁니다. 직접 현장까지 리어카를 끌고 갔다는 CCTV 증거는 여럿 있습니다.」

"그렇다면……?"

「누군가 그렇게 보이게 하고 싶었던 건 아니었을까, 추측할 뿐입니다. 할머니를 육교까지 유인해서 떠밀고는 자살처럼 위장했다는 추론 정도가 가능하겠죠.」

"누군가? ……그렇다면 그 누군가 다시 그곳에 와서 뭔가 확인하고 싶어 하지 않을까요?"

「그러면 얘기는 쉬워질 텐데 결국 아무도 신발 근처론 다시 오진 않았습니다. T를 제외하고는 말이죠.」

강 형사는 영리하게 추궁하는 방법을 알고 있었다.

"매일 왕래하지는 않지만, 그날 그 육교는 저에게 출퇴근길이나 다름없었습니다. 그래서 그곳에 있었고, 또 돌아오는 길에도 그곳을 지났던 겁니다."

「잘 알고 있습니다. 오승택 사장 댁으로 정기적으로 최면 시술하러 가신다고요? 덕분에 지역 장애아동복지센터에 오 사장이 기부를 더 하게 됐다는 사정도 잘 알고 있습니다. 게다가 당신의 알리바이는 모두 확인했습니다. 그러니까 이렇게 자세하게 수사 상황을 말씀드리고 있는 겁니다. 혹시 뭔가 도움이 될 만한 것을 알고 계시다면 도움받고 싶어서죠.」

"그래도 저부터가 가장 큰 용의점을 가진다고 생각하시겠죠?"

「T 레벨 최면술사가 할머니를 죽일 마음이 있었다면 알리바이 정도는 아무런 구속도 되지 않잖습니까? 게다가 살인 동기도 없고요?」

강 형사는 단정과 추궁의 경계에서 믿는 것인지, 묻는 것인지, 확인하는 것인지 알 수 없었다. 어쩌면 그 모두일지도.

"……."

「아, 죄송합니다. 저희 직업상 뻔한 것도 이렇게 물어야 한다는 걸 이해해주십시오. 그리고 박련섭 할머니 사망 추정 시간에 T가 사무실에 있었다는 CCTV 영상은 이미 확인했습니다.」

강 형사는 할머니를 마지막으로 만난 시간과 장소를 묻기도 했지만, 대화 말미엔 최면 과정을 담은 영상을 볼 수 없겠냐며 진짜 속내를 밝혔다. 담당 최면술사가 동의해도 여러 절차가 필요한 일이었다. 하지만 T는 망설이지 않고 허락했다. 강 형사라면 왠지 정확한 사정을 알아낼 수 있지 않을까 하는 기대감 때문이었다. 그제야 강 형사는 가장 최근까지 진행된 수사 내용을 더 꺼내놓았다.

「사실 할머니의 최면 영상을 봤으면 하는 중요한 이유가 있습니다.」

"그게 뭡니까?"

「혹시 최득구란 사람에 대해 들어보셨나요?」

"……처음 듣는 것 같은데요?"

「그러시군요. 그 사람에 관한 얘기가 있나 해서 그렇습니다. 그러면 양아들 금봉수란 분은 아시나요?」

"몇 번 뵌 적 있습니다. 그런데 봉수 씨가 양아들인가요?"

「조건부라고 할 수 있습니다. 두 분 사망 후엔 상속자로 지정해 놓으셨어요. 생전엔 법정 양아들은 아니었지만요.」

"그런 경우도 있군요?"

「좀 특이하지만, 변호사에게 확인한 바로는 그렇습니다. 왜인진 모르겠지만, 생전엔 아들로 올리지 않으셨으면 했나 봅니다. 하지만 두 분 사망 후엔 법정 상속인이 되는 데엔 할머니도 진즉에 동의하셨다고 합니다.」

"그렇군요. 그런데 그 사람, 최 씨가 할머니 사망과 관련이 있다고 보시는 이유는 뭔가요? 그리고 봉수 씨도……?"

「그건 금봉수 씨 진술 때문입니다.」

"진술이요?"

「일단 금봉수 씨가 재산을 물려받게 된다는 사실은 변하지 않는 거죠. 적지 않은 액수더라고요. 어쨌든 그건 중요한 동기로 볼 수 있지 않겠습니까? 이것저것 묻지 않을 수 없었습니다. 그런데 오히려 깜짝 놀라더라고요. 자기가 상속인이 된 걸 모르는 눈치였어요. 물론 백 퍼센트 다 믿을 순 없지만요. 오히려 유산에 관해서는 의심이 가는 사람이 있다며 말한 이름이 바로 최득구였습니다.」

"……"

「최득구 씨가 최근 할머니 주위를 맴돌았다고 진술한 겁니다. 진술을 바탕으로 확인했더니, 그 말은 사실이었습니다.」

"왜 그랬답니까……?"

「유산 때문이랍니다. 돈을 좀 나눠달라고 했다더라고요. 그러면서 금봉수 씨도 좀 괴롭혔다나 봅니다. 무슨 일로 할머니 댁에 드나드냐면서.」

"어떤 분이시죠? 최득구, 그분?"

「할아버지의 동생 분이시랍니다. 친형제는 아니고요, 할아버지 어릴 적에 최득구 씨 댁에 얹혀살았었나 봐요. 먹이고 재우고 입혀 주는 대신 일하는, 그런 관계였던 거죠.」

"……그랬군요."

「금봉수 씨는 할머니 사망 추정 시간에 확실한 알리바이가 있어요. 주유소에서 일하고 있는 CCTV 영상도 있고, 증인들 증언도 여럿 있고요. 그런데 최득구 씨는 아직 확인된 바 없습니다. 자세한 건 더 조사해봐야 알겠습니다. 그런데 아까 말씀드린 영상은 언제 볼 수 있을까요?」

"공리청에서 허락 떨어지면 바로 연락드리겠습니다."

강 형사는 전화를 끊으려다가 하나 더 물어봤다.

「박련섭 할머니 그 저고리와 치마가 평소 복장인가요? 풀이 빳빳하게 먹여져 있어서요.」

"제가 본 바로는 아닙니다. 처음 보는 옷이에요. 평상복은 따로 있습니다. 할머니들이 즐겨 입으시는 편한 옷이요."

「아, 그렇군요. 하여간 잘 알겠습니다.」

T는 집에 돌아오자마자 양배추를 삶았다. 규칙이랄 것까지는 아
니지만, 세상에 보탬이 되었다, 싶은 날엔 삶은 양배추를 쌈장에
찍어 즐겼고, 그렇지 못한 날엔 삶지도 않은 날것을 씹었다. 그래
도 특별한 날엔 후식으로 과일 한 조각을 더했는데, 그럴 때마다
건강을 위한 걸까, 맛을 위한 걸까, 하는 심심한 의문에 답을 내리
지 못했다. 음식 냄새를 피해 나간 발코니의 작은 테이블에서 신문
을 펼쳤다. T는 정보는 어렵게 얻어야 한다고 믿었다.

T는 신문에 자신의 이야기가 기사화된 것을 보고 불편한 마음
이 들었다. 박련섬 할머니의 사진이 과도하게 확대되어 있었다. 설
명 없이 흘려 본다면 마치 살아 있는 할머니가 활짝 미소 짓는 사
진이라 볼 수도 있을 것 같았다. 복지·최면술사의 길로 들어서게
된 이후 어쩔 수 없이 접하는 기사지만, 매번 불편한 마음은 어쩔
수 없었다. 'T 레벨 최면술사가 선물한 알레스 구트'라는 기사는
복지·최면의 성과를 과장했다. 주민들의 찬사며, 할머니의 생전 꿈
이 이루어진 거라는, 기자는 있지도 않은 얘길 잘도 꾸며냈다. 할
머니의 죽음에 석연찮은 점이 있다는 얘기는 어딜 봐도 찾을 수 없
었다. 사람들이 복지·최면에 호의적인 건 분명 기쁜 일이지만, 어

떤 평가나 판단 없이 무조건 받아들이는 건, 브레이크 없는 자동차처럼 위태로워 보였다.

신경을 건드리는 건 또 있었다. T의 과거 성과들이 트로피처럼 화려하게 꾸며졌고, 승애와의 인연도 과장되게 포장되었다. 특히 승애 아버지인 오승택과의 인터뷰에서는 정점을 찍었다. 끔찍이 사랑하는 딸의 목소리를 다시 찾아준 T에게 무한한 존경과 찬사를 전했다. 그러면서 딸을 끔찍이 아끼고 사랑한다는 점에 은근한 방점을 찍는 건 사업가의 어쩔 수 없는 본능처럼 느껴졌다. 기사 말미엔 새삼스럽게 최면술사의 레벨을 도표로 비교·설명하고 있었다. T, W, S 레벨이 전국에 얼마나 있으며, 최면술사를 희망하는 사람들이 얼마나 많은지 보여주는 통계들이었다. 결국 이번 일을 해낸 T가 얼마나 대단한 사람인지를 과장되게 표현하는 여러 미사어구 중 하나였다. T 사진의 반의반 크기로 S802의 사진도 보였는데, 할머니의 이전 담당 최면술사로 짤막하게 소개되었다.

휴대폰 배터리를 갈아 끼우는 순간, 대기해 있던 문자들이 제 존재를 알렸다. 경찰서, 병원, 신문사, 그리고 승애로부터 온 문자 메시지였다. 경찰서와 병원과 신문사의 것은 자신들의 문제에 최면을 적극 활용하고 싶다는 청탁의 내용이었고, 승애의 것은 자신의 존재를 알리는, 하루도 거르지 않고 반복되는 메시지였다.

저는 오승애입니다. 어제도, 오늘도, 내일도 부탁드립니다.

공리청으로부터 노고를 위로하는 메일이 도착했다. 할머니가 돌아가신 지 하루도 되지 않은 시점이었다. 기자들의 취재 정보는 물론이고 경찰의 수사 과정이나 대강의 방향까지 모두 고려한 반응일 테지만 조금 빠른 감이 있었다. 더 지켜봐도 될 텐데 조금 성급했다는 생각마저 들었다. 하지만 공리청이 뛰어난 정보 수집 능력을 바탕으로 뭔가 확실한 결정을 내렸기에 취한 움직임이라고 믿고 싶었다. 아마도 할머니의 죽음과는 별개로 복지·최면이 적합하게 이루어졌다고 보는 것 같았다. 하지만 축하가 다는 아니었다. 복지·최면의 효용을 더 알리기 위해 지속적인 노력을 부탁한다는 말과 함께 몇몇 공공기관의 요청을 수락할 수 있는지를 묻고 있었다. 내키지는 않지만, 일정 두어 개를 허락하기로 했다. 1시간 만에 공리청에서 회신이 왔고, T는 망설이지 않고 곧장 경찰서로 향했다.

시각을 다투는 일이 T를 기다리고 있었다. 경찰들은 이미 모든 준비를 끝내놓았다. 사고 피해자면서 뺑소니 차량을 목격한 유일한 사람이 T의 최면 유도 대상이었다.

피술자는 이윤환 씨로 목과 손에 깁스하고 있었지만, 다행히 위중한 상태는 아니라고 설명했다. 하지만 표정만큼은 망자보다 더 차갑게 식어 있었다.

경찰이 윤환의 안락의자를 좀 더 편안한 각도로 조절하고, 담요를 가슴까지 끌어올리는 과정을 T는 말없이 지켜봤다. T가 곁으로 다가서자, 윤환은 T로부터 눈을 떼지 못하더니 앞에 앉자 참았던 질문을 던졌다.

"절 도와주실 건가요?"

울음에 절은 목소리였다.

"도움이 필요하신가요?"

"네, 그 어느 때보다도 간절합니다."

"어떤 도움이 필요하신가요?"

"제 가족들을 살려주세요! 아직도 뜨거운 불길 속에서 울부짖고 있습니다! 제 아내와 아이의 울음이 그치질 않습니다. 그들을 구해주세요."

윤환은 결국 절규했다.

T는 옆에 서 있는 경찰을 슬쩍 쳐다봤다. 경찰은 고개를 흔들고는 이내 천장을 바라봤다. T는 그 의미를 바로 알아챘다.

"……."

"왜 말씀이 없으세요? 저를 도와주신다고 했잖아요? 왜 도움이 필요한 사람을 외면하십니까?"

"죽은 사람을 살릴 수는 없습니다."

"그럼, 왜 도와준다고 그랬어! 왜, 왜! 그때 당신은 뭐 하고 있었어?"

윤환은 목청껏 소리를 지르면서 몸부림쳤다. 주변에 있던 경찰들과 간호사가 흥분한 윤환을 붙들었다. 분위기가 차분해지길 한참 기다렸다가 T가 말을 꺼냈다.

"사고 차량엔 이윤환 씨도 함께 계셨다고 들었습니다. 가족들을 구할 수 없었던 상황은 누구보다도 선생님께서 제일 잘 알고 있을 겁니다. 저는 그저 뺑소니 차량을 검거하는 데 도움을 주려고 온 겁니다. 그런 도움이 필요 없다고 하시면……."

"아, 아닙니다. 제가 잘못했습니다. 답답한 마음에 제가 실성했나 봅니다. 제발 저 좀 도와주세요! 범인을 찾을 수 있도록 도와주세요!"

윤환은 깁스한 두 손을 모으고 머리를 조아리며 사정했다.

"열쇠는 선생님께서 쥐고 있습니다. 저는 작은 도움을 드릴 뿐입니다. 용기를 내서 그때의 현장으로 다시 돌아가 보겠습니다. 마음을 진정시키기 위해 심호흡하겠습니다."

윤환은 들썩거리는 어깨를 억지로 누르고 과장되게 심호흡했다. 이 같은 동작이 반복되자 윤환의 음성이 점차 가라앉기 시작했다.

T는 의자를 바짝 당겨 누워 있는 윤환의 얼굴에 닿을 듯 다가앉았다.

"자, 이제 준비가 된 것 같군요. 제가 한 말을 잊으시면 안 됩니다. 열쇠는 선생님께서 쥐고 있다는 사실 말입니다."

"자, 잘 알겠습니다."

"편안하게 두 손을 내미세요. 잠시 깁스를 벗기고 제 손을 그 위에 포개겠습니다. 힘을 주실 필요는 없습니다. 알겠죠?"

"네."

T는 주변에 눈짓을 보냈다. 준비하고 있던 간호사가 깁스를 천천히 풀어 가슴에 안았고, 윤환은 두 손을 편 상태로 손바닥이 천장을 바라볼 수 있게 내밀었다.

"천천히 눈을 감으실 겁니다. 평소 한 번에 감았다면, 이번엔 열 번으로 나누어 감는다고 생각하시면 되겠습니다. 준비되셨죠?"

"네."

"천천히 눈을 감겠습니다."

윤환은 최대한 천천히 흰자위를 덮으면서 눈을 감았다. 눈꺼풀이 파르르 떨렸다.

T는 한 손에는 회중시계를 쥐고, 다른 한 손은 맨손으로 윤환의 두 손에 천천히 포갰다.

"손안에 뭔가 만져지죠?"

"네."

"어떤 재질인 것 같습니까?"

"금속 같습니다."

"느낌이 어떤가요?"

"차갑습니다."

"다른 손에 있는 제 손 느낌은 어떤가요?"

"따뜻합니다."

"따뜻한 손은 이윤환 씨와 가족이 타고 있는 자동차이고, 차가운 금속은 뺑소니 차량입니다. 차가운 느낌이 사라지면서 서서히 뺑소니 차량이 보이기 시작하고, 따뜻한 느낌이 사라지면서 이윤환 씨가 처한 상황이 보이게 됩니다. 점점 선명해집니다. 조금 더 선명해집니다. 하나, 둘, 삼, 넷. 이윤환 씨는 숫자 삼을 따라 깊은 잠에 빠져듭니다."

이때 윤환의 고개가 옆으로 꺾여 삐딱해지면서 표정이 일그러지기 시작했다. 최면에 깊이 들어 입에서 바람 새는 소리가 새어 나왔다.

"여·보, 여·보~ 대·답·해 봐. 피쉬~ 선·미·야, 선·미·야~ 울·지·마! 여·보, 여·보~ 대·답 좀 해줘, 제발~ 피쉬~"

"지금 상황이 어떤가요?"

"아내가 아무 대답이 없어요. 그냥 축 처져 있는 것 같아요. 차문에 끼인 다리만 보여요. 여보, 여보~ 대답 좀 해줘!"

"다른 건 더 보이지 않나요?"

"딸아이가 계속 울고 있어요. 그런데 뒤돌아볼 수 없어요. 제 목이 말을 듣지 않습니다. 제 몸도 말을 듣지 않는다고요. 선미야, 아빠 여기 있어. 울지마, 괜찮아~"

뒤에 있던 경찰관들과 간호사가 차마 바라볼 수 없는지 고개를 돌렸다.

"혹시 앞에 어떤 게 보이는지 말씀해주실 수 있을까요? 자동차라든지 사람이라든지."

"모든 게 흐릿하게 보입니다. 딸아이의 울음소리만 아주 가깝게 들려요. 도와달라고 울고 있는 게 분명해요. 제가 빨리 어떻게든 해야 해요."

"이윤환 씨는 뒤돌아보실 수 없으시니까, 제가 대신 말씀드리겠습니다. 따님은 엄마 품에 안겨 있습니다. 그리고 점점 안정을 찾아가고 있습니다. 따님의 울음소리가 점점 작아질 겁니다. 울음소리가 작아질수록 이윤환 씨의 흐릿했던 시야는 더 분명해질 겁니다. 더, 더, 더~. 이제 더이상 울음소리는 들리지 않습니다. 주변 상황을 알려주실 수 있나요?"

"저희 차가 뒤집혀 있고, 앞 유리가 깨졌어요. 그 너머로 차 한 대가 서 있습니다. 누군가 그 차에서 내려 제 쪽으로 걸어오고 있어요. 도와주세요. 도와주세요~ 어, 어! 그 사람이 다시 차에 올라 그냥 출발하려 해요. 도와주세요, 도와주세요~ 야, 이 개새끼야! 도와달라고!"

"시간을 조금 뒤로 돌려보겠습니다. 그 사람이 차에서 내릴 때로 말이죠. 하나, 둘, 삼, 넷. 이윤환 씨는 숫자 삼의 도움으로 시야가 맑아집니다. 자, 어떻습니까? 이제 차에서 내리는 사람이 잘 보이나요?"

"네, 조금 전보다 잘 보입니다."

"혹시 옷차림이나 얼굴이 보이시나요?"

"네, 희미하지만…… 보여요."

"말씀해주실 수 있나요?"

"얼굴은 어두워서 잘 보이지 않아요. 그런데 옷은 라이트에 들어와서 잘 보여요. 축구 유니폼을 입고 있는 거 같아요. 맞아요, 유니폼인 거 같아요. 그 사람이 걸어올 때 축구화 특유의 발소리가 들리거든요. 신발에 박힌 쇠가 콘크리트 위에서 내는 소리. 그 사람이 제 쪽으로 걸어오는데 비틀거려요. 똑바로 걷지 못해요. 제 앞까지 와서 차 안을 들여다봐요. 뭔가를 찾는 거 같아요. 제 차를 한 바퀴 돌아요. ……그 사람이 뭔가를 들고 자기 차로 돌아가요."

"그게 뭐죠?"

"……블랙박스요."

"가해 차량의 번호가 보이시나요?"

"새벽이라 어두워요. 잘 보이지 않아요. 주변이 너무 깜깜해요. 자, 자, 잠깐 번개가 번쩍! '8601' 앞에 글자는 잘 보이지 않지만 '나8601'같아요!"

옆에 있던 경찰관이 수첩에 차량 번호를 받아 적고는 방을 나갔다.

"가해 차량의 특징을 좀 더 말씀해주실 수 있을까요?"

"SUV 같아요. 범퍼 앞에 파이프로 된 가드가 있어요. 다시 번개가 번쩍! 어, 어, 그, 그보다도 차량에 다른 사람들이 타고 있어요. 조수석에 얼굴 하나, 뒷좌석에도 하나, 둘, 그들이 이쪽을 바라보고 있어요. 야, 이 개새끼들아~ 전화 한 통만 넣어주면 사람이 죽질 않잖아. 이 개새끼들아! 야, 이 개새끼들아~!"

윤환의 발음이 뭉개지고 몸부림이 거세졌다. 경찰과 간호사가 윤환을 붙잡느라 애를 먹었다. T는 윤환이 더이상 괴롭지 않도록 최면에서 끌어내야 할 때라고 생각했다. 그때 바깥에 나갔던 경찰관이 돌아왔다. T를 보고 고개를 저었다. 불러준 차량 번호로는 용의차량을 특정할 수 없었던 모양이었다. T는 경찰관이 들고 있던 메모를 받아 번호를 몇 개 추가했다.

나8901, 가8901, 나1098, 나1068

T는 경찰관에게 나지막이 얘기했다.

"이윤환 씨는 뒤집힌 차 안에서 목격한 겁니다. 뒤집어 본 글자와 숫자 중에 '가'와 '나'가, '6'과 '9'가 헷갈릴 수 있습니다. 순서도 마찬가지고요."

경찰관이 알았다고 고개를 끄덕이며 방을 나서려 하자, T는 그의 팔을 잡고 잠시 더 기다려달라는 신호를 보냈다.

"이윤환 씨, 이제 우리는 그 사고 현장을 떠나려고 합니다. 이 괴로운 곳으로 다시는 돌아오지 못할 수도 있습니다. 아무것도 가져갈 수도 없습니다. 오로지 이윤환 씨 기억 속에 담아둘 수밖에 없습니다. 천천히 둘러보시죠. 그리고 작별 인사를 나누세요. 이제 더이상 아이의 울음소리도 들리지 않습니다."

"여보, 여보~ 선미야, 선미야~."

윤환의 얼굴은 눈물과 콧물로 뒤범벅되어 있었다. 윤환은 가족을 돌아보려는 듯 고개에 힘을 주며 버둥거렸다. 하지만 그의 목은 최면에서나 현실에서나 뻣뻣하게 고정되어 움직이지 않았다.

"사랑하는 아내와 딸은 고통 없는 곳으로 보내주시고, 아이 울음소리는 현장에 남겨두세요. 마지막 기억을 잘 붙들어두시길 바랍니다. 이윤환 씨가 보고 있는 모습이 다시 온열 감각으로 돌아옵니다. 가해자, 아니, 가해자들의 차가운 차량은 다시 차가움으로, 아내와 딸의 따뜻한 사랑은 다시 따뜻함으로 돌아옵니다. 손끝에서부터 느낌은 찾아옵니다. 자, 하나, 둘, 삼, 넷. 이윤환 씨는 숫자 삼이 이끄는 대로 지금 이곳으로 돌아왔습니다. 이제 눈을 뜨시면 됩니다."

윤환은 천천히 눈을 떴다. 그는 예상과는 달리 산뜻한 미소를 지어 보였다.

"고맙습니다. 소중한 걸 다시 찾을 수 있었습니다."

"그게 뭔가요?"

"아내가 죽기 전에 저에게 뭔가를 얘기했더군요."

"……."

"딸과 자기 제사를 지내고 50년만 더 살다 오라고……."

주변에 있던 사람들은 자기 코를 쥐어 울음을 참아보려 했지만, 이미 흘러나온 눈물은 막을 수 없었다.

"피자와 콜라를 올려달라고 했어요. 체중 불어날 염려도 없을 거라면서……."

뒤쪽에 서 있던 간호사가 참지 못하고 신음을 흘렸다.

"다행입니다."

"그리고 번개였어요. 번개!"

"네?"

"그 새끼들, 축구 유니폼 가슴팍에 새겨진 팀명이요. 번개!"

T는 경찰관을 돌아봤고, 그제야 경찰관은 밝게 웃으며 몇 개의 번호와 단서들을 가지고 방을 나설 수 있었다. 유리 벽 너머 옆방에서 지켜보던 형사들도 경찰관을 따라나섰다. 그 뒤를 카메라맨과 PD로 구성된 촬영팀도 따라나섰다. T도 윤환에게 위로의 인사를 전하고 다음 장소로 이동했다.

두 번째로 안내받은 방은 크기만 조금 다른 같은 구조의 조사실이었다. 유리 벽 너머 옆방에는 두 대의 카메라를 비롯해 PD와 스태프들이 자리를 잡고 있었다. T는 담당 형사에게 사건의 정황을 간략히 들으며 증거물인 휴대폰 영상을 보고 적지 않게 놀랐다.

대학 공대 소모임 MT. 한적한 펜션을 통째로 빌린 일행들은 초저녁부터 술에 취했고, 유일한 여성이었던 피해자 신보라 씨가 같은 과 동기들에게 단체로 성폭행당했다고 신고한 사건이었다. 하지만 피해자의 몸에선 같은 과 커플이었던 남자친구 정준길의 정액만이 검출되었기 때문에 피해자가 취기에 착각한 쪽으로 가닥이 잡히고 있었다. 하지만 MT에 참여했던 김태영은 같은 과 동기들이 피해자 신보라를 단체로 성폭행했다고 증언했다. 이에 준길은 사실을 고백하겠다며 핸드폰 영상을 추가 증거로 제출한 것이다. 동영상에선 놀랍게도 동기들의 성폭행 사실을 폭로한 태영이 피해자 보라의 몸에 올라타 있었다. 화면이 어두웠고, 많이 취한 상태였지만 보라의 몸 위에서 허우적대고 있는 태영은 분명 알몸이었다.

준길은 아무리 애써 말리려 해도 자신도 이미 만취 상태였기 때문에 힘들었다고 진술하며 눈물을 훔쳤다. 하지만 보라는 자기 몸에 남아 있는 상처들은 결코 한 사람의 짓이 아니라며 준길을 제외한 모두를 고소했다. 처음엔 기억나지 않는다며 일부 사과했던 동기들도 시간이 흐르자 점차 범행을 부인하기에 이르렀다.

만취한 피해자 신보라를 어두운 방에서 둘러싸고 성폭행한 사람들이 누구였는지 모두 가려내야 했다. 확실한 증거가 나오지 않더라도 이를 가려낼 작은 실마리라도 건져내야 했다.

T는 경찰관의 안내를 받아 보라가 있는 조사실로 들어섰다. 불안한 표정으로 의자에 앉은 보라 뒤로는 같은 표정을 한 부모와 창백한 표정의 남자가 있었다. 남자는 명함을 건넸다. 변호사. 대학에서 선임해준 변호사라고 함께 들어온 경찰관이 설명했다. 변호사는 부모를 돌보는 척하며 T에게 옆얼굴만 내어줬다.

보라는 이미 돌이킬 수 없는 싸움에 깊숙이 들어와 있다는 걸 잘알고 있는 것 같았다. 하지만 범죄의 민낯을 들여다본다는 건 생각만으로도 두려운 것이리라.

T는 보라와 인사를 나눴다. 다른 피술자들과 마찬가지로 보라도짙은 회색 수트에 검은 로만칼라를 댄 중년의 최면술사에게서 경계인의 느낌을 받았다.

침묵을 입에 물고 있는 것 같은 과묵함이라든지, 이쪽이나 저쪽어느 곳에도 속하지 않을 것 같은 T 앞에서는 모든 걸 숨김없이 고백해도 될 것만 같았다. 때론 견디기 힘든 압박으로, 때로는 신뢰로 다가올 수 있는 그런 기운이었다.

T는 말을 아끼기로 했다. 이번에도 피술자 스스로가 발을 내디뎌야 앞으로 나갈 수 있는 상황이었다.

"도움이 필요하신가요?"

"네, 절대적으로 필요합니다."

"어떤 도움이 필요하신가요?"

"저를 강간한 놈들을 찾게 해주세요. 그날의 일을 똑바로 볼 수 있도록 도와주세요."

보라는 바르르 떨리는 눈으로 간절함을 전했다. T는 보라에게 물을 한 잔 권했다. 보라가 아무 소리 없이 물을 마시자, 한 잔을 더 권했다. 이번에도 보라는 아무 말 없이 잔을 비웠다. 그리고 또 한 잔. 보라는 묻지 않고 이마저도 비웠다. 이 모습을 변호사가 불편한 표정으로 지켜봤다.

"그때에도 그랬던 것처럼 지금도 보라 씨를 도울 사람은 오직 보라 씨 한 사람뿐입니다. 안타까운 마음을 나눌 수 있고 또 곁에 머물러줄 수도 있지만, 진실에 다가서는 건 오직 보라 씨만 가능합니다. 두렵다고 눈을 감거나 외면하지 마시길 바랍니다. 보라 씨는 용감한 분이시니까, 진실을 똑바로 바라볼 수 있다고 믿습니다. 그럼 준비되셨나요?"

"네, 준비됐습니다."

보라는 가슴팍으로 담요를 꼭 올려 쥐었다.

"여성 경찰관을 제외한 다른 분들은 옆방으로 자릴 옮겨주시면 감사하겠습니다."

변호사가 불안한 표정의 부모 등 뒤에서 뭐라고 나지막이 말하자 부모들이 말했다.

"어떻게 딸을 또 그 위험천만한 곳으로 혼자서 보낼 수 있겠습니까!"

보라의 부모는 한사코 딸 옆에 있겠다고 간청했다. T는 허락도 거절도 하지 않고 가만히 있었다. 보라가 애써 미소 지으며 고개를 끄덕이니 부모들은 그제야 마뜩잖은 발걸음을 옮겼다.

변호사가 나가려다가 보라의 등 뒤로 다가서려는 걸 T가 노골적으로 막아섰다. 변호사는 T를 기억에 남기려는 듯 지그시 바라보더니 방을 나섰다. 그는 옆방으로 자릴 옮긴 것이 아니라 아예 자릴 떠나 돌아오지 않았다.

T는 의자를 바짝 당겨 보라에 붙을 듯 다가앉았다. 그리고 유리벽을 향해 고개를 끄덕여 신호를 보냈다.

"자, 이제 준비된 것 같군요. 열쇠는 보라 씨가 쥐고 있다는 사실을 잊지 말아야 합니다."

"네, 잘 알겠습니다."

"편안하게 두 손을 내미세요. 그리고 손바닥이 천장을 향하도록 펴주세요. 제 손을 그 위에 포갤 겁니다. 힘을 주실 필요는 없습니다. 알겠죠?"

"네."

"천천히 눈을 감을 겁니다. 평소 한 번에 살포시 감으셨다면, 이번엔 열 번으로 나누어 감는다고 생각하시면 되겠습니다. 준비되셨죠?"

"네."

"천천히 눈을 감겠습니다."

보라는 천천히 눈을 감았다. 눈꺼풀이 파르르 떨렸다. 그 사이 T가 일러놓은 대로 경찰관이 조용히 보라의 뒤로 와 섰다.

T는 이번에도 한 손에는 차가운 회중시계를 쥐고, 다른 손은 맨손으로 보라의 손에 천천히 포갰다. T가 보라의 손을 잡는 모습이 카메라에 줌인 되었다. 온기까지 전달할 기세였다.

"손안에 뭔가 만져지죠?"

"네."

"어떤 재질인 것 같습니까?"

"금속이요."

"느낌은 어떤가요?"

"차가워요."

"다른 손에 있는 제 손 느낌은 어떤가요?"

"부드럽고 따뜻해요."

"따뜻한 손은 도움의 손길입니다. 언제든지 최면에서 돌아올 수 있습니다. 차가운 금속은 문의 손잡이입니다. 비틀면 되돌아가고 싶은 당시의 방으로 들어갈 수 있습니다. 자, 문손잡이의 차가운 느낌이 사라지면서 서서히 옮겨갑니다. 따뜻한 느낌은 여전히 보라 씨 손에 있으니 안심하셔도 됩니다. 잠시 어둡고 긴 터널을 지나 MT 때의 거실로 들어섭니다. 하나, 둘, 삼, 넷. 보라 씨는 숫자 삼을 따라 그때의 펜션 거실에 와 있습니다."

보라의 표정이 점차 취한 사람의 그것으로 변해갔다. 눈을 게슴츠레 뜨고 있었지만 앞을 보는 건 아니었다. 머리를 빙빙 돌리기도 하고, 갑자기 뒤로 젖히기도 했다. 의자에 앉은 자세가 아니었다면 바닥에 쓰러졌을지도 모를 정도였다.

"보라 씨는 지금 어디에, 어떤 상태인가요?"

"거·시·레 이·써·요 피쉬~ 쑤·레… 마·니 취·해·떠·요 피쉬……."

보라의 말투도 이미 완전히 취한 사람 같았다.

"술에 취하기 전으로 거슬러 올라가보죠. 어때요? 펜션에 들어설 때는 어땠나요?"

보라가 인상을 찡그렸다. 재차 찡그린 인상이 펴질 줄 몰랐다.

"기, 기어기·나지·아나요…… 벼, 벼노사니미 재·판 이기려므 지중해야한다……."

"변호사가 또 뭐라고 하던가요?"

"……모르게써요. 제 어깨르 지프시고 기어기나지 아나요. 그저니 다요. 사방이다 흐릿하고 뿌예요. 술·마·신·기·억·만·이·써·요."

"알겠습니다. 왜 그렇게 술을 많이 마셨나요? 특별한 이유라도 있나요?"

"아뇨…… 한사코 마시지 아느려고 하네…… 자꾸 머겨요. 마지모태 마셔요. 물 달라고 했네 술을 줘써요. 그 때문에 빠르게 취해 떠요."

"누가 그렇게 술을 억지로 권하나요?"

"모·르·게·써·요. 다들 그런·거 같아요. 아이들 얼굴이 흐리태요. 온·통·흐·리·해·요."

"옆엔 누가 앉아 있나요."

보라가 옆을 보듯 고개를 돌리자 다시 눈꺼풀이 파르르 떨렸다.

"태여이, 김·태·영·이요."

"그도 술을 권하나요?"

"네. 쨍하자고……."

"건배를 제안했다는 말씀이죠?"

"……네."

"거실에 언제까지 있나요?"

"누가 날 부추캐서 올길려고 해요. 자리에서 일어나써요. 제 히므로 서·이쓸 수 업써요."

"잘 됐어요. 지금 보라 씨는 너무 많이 취해 있어서 조금 깰 필요가 있어요. 부축해서 옮겨 가는 동안 저들 몰래 술을 뱉어낼 거예요. 준비하세요."

"에."

"지금 어디쯤이에요?"

"어둔 보또로 지나가……요. 뒤에서 고함을 쳐요. 싸우는 소리가 타요."

"지금이에요! 술을 뱉어내세요! 목구멍으로 술이 올라옵니다!"

보라의 입에서 투명한 물이 왈칵 쏟아져나왔다. 뒤에 있던 여경이 두툼한 타월을 가슴팍에 댔고, 보라는 그 위로 많은 물을 토해냈다. 유리 벽 너머의 사람들이 자기 입을 손으로 막았다. 보라는 계속 참을 수 없다는 듯 왈칵 물을 토해냈다. 그리고 조금 편한 표정이 되었다.

"술을 뱉어내니까 어때요? 이젠 취기도 조금 가셨을 거예요. 취한 상태로는 범인들 얼굴을 기억하기 힘들 테니까 잘된 일이에요."

"한결 편해쪄떠요."

"싸운 소리가 들렸다고 했는데 정확히 누구의 어떤 소리였는지 기억나나요?"

"주, 준길이 목소리여떠요. 욕하고 악을 쓰는 것 가타써요. 뺨 맞는 소리도 들려요. 그리고 신음도. 저를 데리고 왔던 문종이랑 준표가 저를 어두운 방에 던져놓고 소리 나는 쪽으로 달려가써요."

"준길이라면 남자친구를 말하는 거죠? 보라 씨를 위해 누군가를 막아서다가 벌어진 일일까요?"

"잘은 모르게띠만, 아마도 그런 거 같아요."

"지금 있는 곳은 어떤 곳인가요?"

"너무 어두워서 아무것도 보이지 않아요. 아무것도 없는 것 같아요."

"준비하고 있어야 해요. 곧 녀석들이 들이닥칠 겁니다. 눈을 크게 뜨고 있어야 해요. 어두운 방에서도 눈이 적응하면 조금씩 보이게 될 거예요."

"창문 밖에서 달빛이 들어와요. 그리고 문틈에서도 빛이 새어들고 있어요. 문이 활짝 열렸어요. 그리고 아까 두 놈이 들어와요. 문종이랑 준표. 제 옷을 벗기고 제 몸 위로 올라타요. 그리고 또 문이 열리고 다른 놈들이 들어와요. 그리고 또 들어와요."

보라는 울먹였다.

"정신 차려야 합니다! 눈을 크게 뜨고 녀석들의 얼굴을 보세요.

달빛에 비추든, 희미하게 새어 들어오는 불빛에 의지하든, 녀석들의 얼굴을 똑바로 보셔야 합니다! 똑바로 볼 수 없으면 방안에 물체를 반사하는 아무것에라도 비추어진 녀석들의 얼굴을 찾아내세요! 그리고 이름을 외치세요!"

T의 목소리도 격앙되어 있었다. 두 사람은 함께 고함치고 분노하며 용기를 쥐어짜고 있었다.

"유리창에 문종이랑 준표! 꺼진 TV에 운택이! 천장 갓등에 진태! 빙 둘러있는 우택이! 경환이! 태흠이! 상현이! 정현이!"

보라의 온몸이 격렬하게 흔들렸지만, 가해자의 이름을 멈추지 않고 외쳤다. 강단 있는 목소리가 방안을 튕겨 다녔다. 유리 벽 너머 부모님은 결국 그 자리에 주저앉고 말았다. 보라는 숨을 헐떡거리면서도 계속해서 호명을 멈추지 않았다. 단 한 사람도 빠뜨리지 않겠다는 듯이 불렀던 이름을 또 부르기도 했다.

"녀석들이 빼낸 콘돔을 들고 히죽거려요. 그리고 준표가 들고 있는 휴대폰 앞에 자랑하듯이 들이밀고 자세를 취해요. 그때 다시 문이 열려요. 주, 준길이가 문 앞에서 우, 웃고 있어요. 태영이가 발가벗겨져서 끌려 들어와요. ……태영이의 축 처진 몸을 제 위에 올려놔요. 문종이는 라텍스 장갑을 끼면서 웃고 있어요. 그리고 태영이 성기를 잡고 제 몸에서 문대고 제 몸에 넣으려고 해요. 그때

준길이가 들어와서 자기가 하겠다고 해요. 잘 안됐는지 태영이 옆구리를 발로 차요. 다른 새끼들도 거들어요. 태영이가 들릴 듯 말듯 한 소리로 제 귀에 대고 얘기해요. ……미, 미안하대요. 못 지켜줘서!"

보라는 그제야 참았던 눈물을 쏟아냈다.

"미안해, 태영아. 내가 오해했어. 미안해!"

"보라 씨, 조금 남았어요. 조금만 더 버텨주세요. 그래야 나쁜 놈들도 잡아넣고 태영 씨의 억울함도 풀 수 있습니다. 아까 준표가 들고 동영상을 찍던 핸드폰은 어떻게 됐나요?"

"아직도 들고 있어요. 태영이 성기에 가까이 가져다 대고는 더러운 영상을 찍고 있어요. 아, 그, 그런데……!"

"그런데 뭐죠?"

"준길이가 욕을 하면서 핸드폰을 뺏었어요. 야, 이 병신 새끼야! 그리고 창문을 열고 멀리 던져버려요. 어떻게 해!"

"어느 창문인지 알 수 있나요?"

"소리밖에 들리지 않아요. 그런데 알 수 있을 거 같아요. 물에 빠지는 소리가 들렸어요. 그리고 그 소리에 그 새끼들이 낄낄대며 웃어요."

유리 벽 너머에서 듣고 있던 형사가 어디론가 전화를 걸면서 서

둘러 방을 빠져나갔다.

"다음엔 어떻게 됐나요?"

"애들이 태영이를 끌고 방을 나갔어요. 준길이는 남고요. 준길이가 바지를 내리고 제 위로 올라타요. 그리고……."

"보라 씨, 이제 다 끝났습니다. 동영상이 찍힌 핸드폰만 찾으면 진실을 밝힐 수 있을 겁니다. 이제 현실로 돌아오시면 되겠습니다."

"준길이가 제 몸 위에서 비열하게 웃으며 내려다보고 있어요…… 저 돌아갈 수 없을 거 같아요. 이제 전 어떻게 해요."

보라가 흐느껴 울었다.

"들어갈 때처럼 나올 때도 용기를 가지고 나오면 됩니다. 열쇠는 보라 씨가 쥐고 있다고 한 말 기억하시죠? 보라 씨가 직접 태영 씨에게 진실을 알려주세요. 태영 씨의 억울함을 직접 풀어주세요. 그 길이 유일한 길입니다. 어때요, 나오실 준비가 됐나요?"

보라는 결심이 섰는지 가만히 고개를 끄덕였다. 그리고 다부진 표정을 짓는 것 같더니 갑자기 주먹을 휘둘렀다. 아마도 여전히 제 몸 위에 있는 준길을 향한 주먹질이었으리라. 주먹 한 방이 T의 코에 명중됐다. 여경이 재빨리 보라의 팔을 잡았지만, T는 놔두라고 손짓했다. 그리고 그 주먹에 잠시 몸을 대어주었다.

"자, 보라 씨가 보고 있는 모습이 다시 온열 감각으로 돌아옵니다. 보라 씨가 쥐고 있는 문고리가 차가운 금속으로 돌아오고, 또 다른 손에 잡고 있던 제 손의 온기가 돌아오기 시작합니다. 이제 시간과 공간의 문을 건너오게 됩니다. 어둠이 걷히면서 다시 빛으로 돌아올 수 있습니다. 하나, 둘, 삼, 넷. 보라 씨는 숫자 삼을 따라 빛과 부모님이 계시는 현재로 돌아옵니다."

보라가 눈을 떴다. T를 올려다보면서 안도의 한숨을 내쉼과 동시에 T의 코에서 흐르는 피를 보고 미안해했다.

T는 보라의 부모에게 변호사를 만나지 말고 반드시 공증 서류로 해임 통보하라고 일러준 뒤 자리를 떠났다. T의 판단에 그는 공리청 소속도 아니고 퇴임한 사설 최면술사도 아닌 사파 중 하나인 것 같았다. 터치(T)와 읊조림(W)으로 강력한 암시를 심어놓는.

개가 짖는다

—— ⟨⟨⟨ ——

세 번째 방문지는 병원이었다.

다행히 그곳에선 누구에게도 최면을 걸 필요가 없었다. T가 만날 사람들은 바로 큰 수술을 앞둔 어린이들이었기 때문이다. 아이들은 늘 자기최면에 들어 있었으니, 알려줘야 하는 건 현실로 안전하게 돌아오는 길뿐이었다. 물론 그것도 자연스럽게 체득하게 하는 게 좋다. 좋든 싫든 각자의 방법대로. 아이는 아이다울 수 있게만 해줘도 충분하다.

T는 아이들과 인사하고 웃으며 떠들었고, 주치의의 허락하에

달콤한 케이크도 나눠 먹었다. 먹은 것보다 흘리거나 얼굴에 묻힌 게 더 많았지만, 아이들은 마술사가 왔다며 즐거워했고, T는 오히려 자신이 채워지는 걸 느꼈다. T는 수술받고 회복되는 날에 더 큰 케이크를 가지고 돌아오겠다고 약속했고, 아이들은 달력에 동그라미와 함께 숫자보다 더 큰 케이크를 그려 넣었다.

T는 경찰서를 나설 때만 해도 피로에 침식되어 있었지만, 예상치 않게 병원에서 모두 떨쳐버렸다. 기운을 차린 김에 봉수를 찾기로 했다. 봉수가 주유소에서 일하면서부터 그곳 숙소에서 먹고 잔다고 들었다. 할머니가 마련해준 집은 임대하고, 임대료로는 적금을 붓고 있었다. T는 봉수가 부모나 다름없는 노부부를 잃은 뒤 어려운 증언을 한 터라 힘겨운 시간을 보내고 있으리라 짐작했다.

주유소에는 아쉽게도 봉수가 없었다. 사장은 봉수가 하루 휴가를 내고 할머니 댁에서 쉬고 있다고 전했다. T는 발길을 돌려 다시 할머니 댁으로 향했다.

봉수는 평상에 누워 있었다. 자는 것 같지는 않았지만 그렇다고 쉬는 것처럼 보이지도 않았다. 그냥 그렇게 누워서 바람을 느끼고 있는 것 같았다. 앞으로 손을 뻗어 허공을 휘젓기도 하고 평상의 바닥을 손으로 쓸기도 했다. 주인 잃은 집은 빛을 잃었고, 늙은 개는 밥을 넘기지 못하고 있었다. 사료가 담긴 밥그릇과 봉수를 번갈아 쳐다볼 뿐이었다.

T는 봉수에게도 시간이 필요한 것 같아 문고리를 잡았다가 이내 돌아섰다. 갑자기 피곤이 몰려왔다. 다리에서부터 올라온 저릿함이 허리로 모여들었다. 오래 걸은 날엔 양말 안에 쑤셔 넣은 깔창이 납작해져 저녁 무렵엔 다시 절룩이기 일쑤였다. T는 고통이 손짓할 때 자신을 궁지로 몰아넣어 얻는 결실의 단맛을 알고 있었다. 다시 재래시장으로 엇박자의 발걸음을 돌렸다.

전등을 줄줄이 달아맨 시장은 오징어잡이 배들로 북적이는 수평선 같았다. 그만큼 풍어(豐漁)를 기대하는 사람들도 많았다. 그 안으로 천천히 걸어 들어갔다. 사람들과 부딪힐 때마다 어깨가 저릿저릿 저렸지만, 조각조각 더해지는 무의식은 선명해졌다.

'담·배·는 독…….', '대학 가려면 4당…….', '최·면·술·사 출신 강사가…….', '6·시 천·국, 7·시 지·옥…….'

최면술사에게서 암시받은 사람들은 어떻게든 티가 난다. 똑같은 어구가 반복되든, 어순이 바뀌든 유난히 절든. 다만 알아채기 힘들 뿐이다. 많은 샘플이 유일한 해결책이다.

'봉수의 카메라가 완성되면 더 확실하게 알 수 있을 텐데…….'

그전까진 여러 명의 불특정 대상으로부터 하나의 온전한 문장을 만들어낼 수밖에 없다.

'……보고 하세요.', '……기억은 모두 잊습니다.', 'T를 보면…….'

정상적인 최면 유도였다면 이로 인한 '잔상'은 아주 작은 흔적으로 스무 명 남짓의 피술자에게서 겨우 한 문장을 끌어낼 수밖에 없다. 그럴 수 있다면. 그런데 어떤 강력한 유도는 한 피술자에게도 깊은 잔상을 남기게 마련이다.

'약 냄새…….'

약. 공리청에서 인정하지 않는 중독성 강한 유도 방식. 실제의 약물을 피술자의 피부나 구강을 통해 몰래 섭취시키거나 약물을 태운 향을 흡입시키기도 한다. 이 또한 사파의 방식이다.

'자꾸 보이네, 사파…… 혹시 날 이곳으로 보낸 이유와 연관이 있는 건 아닐까?'

T는 사무실로 돌아갈지 고민하다가 결국 사택까지 와버렸다. 양배추를 잘라 들고 생으로 우걱우걱 씹어 먹었다. 과일은 먹을 수 없었다. 어느 때보다도 분주하게 일했지만, 세상에 아무런 보탬이 되지 못했다는 느낌이 들었다. 양배추가 뱃속 어딘가에서 원래의 모양으로 다시 합쳐지는 것 같았다. 봉수에게 전화라도 걸어보

려고 휴대폰 전원을 켰지만, 예상치 못한 소식이 먼저 도착해 있었다. 강 형사의 메시지였다.

> 최득구 씨는 알리바이가 입증되어서 집으로 돌아갔습니다.
> 서장님은 사고사로 마무리하라고 하시지만,
> 저는 여전히 미궁 속에 있습니다.

박련섬 할머니의 죽음은 자연사도, 사고사도, 자살도, 타살도 아닌 무언가가 되어 버릴 것 같았다. 어딘가에서 위태롭게 살아계실 것 같았다. T는 강 형사에게 전화를 걸었다. 자세한 내용이 듣고 싶었다.

「아, 네. 저도 뜻밖이었습니다. 수사는 둘째 치고 당일 알리바이가 확실하니 더 물어볼 것도 없어졌으니까요.」

"알리바이는……?"

「아, 네. 최득구 씨가 자주 들르는 부동산에서 함께 있었던 분들이 증언해 주셨습니다. 그것도 세 분이나요. 부동산 대표님과 직원 두 분이죠.」

"그렇군요."

「그건 그렇고 혹시 공리청에서 허락이 났나요? 최면 과정을 담은 비디오 말입니다. 아무래도 처음부터 다시 시작해야 할 것 같거든요. 서장님께는 시간을 조금 더 달라고 해볼 생각입니다만…….」

"아, 아직 확인해보지 못했습니다. 죄송합니다. 오늘 여러 곳을 다니느라 좀 바빴거든요."

「되도록 빨리 봤으면 합니다. 시간이 넉넉지 못하거든요.」

"……그럼 혹시 제 사무실로 오시는 건 어떻겠습니까? 비디오를 넘겨드리는 건 공문서가 와야 하니까 아무래도 시간이 좀 걸릴 거 같습니다만, 저와 함께 본다면 그 정도는 허락이 필요치 않을 거 같은데요?"

「바로 가겠습니다.」

T는 벗어둔 외투를 다시 입었다. 그리고 집을 나서기 전에 사과 한 쪽을 베어 물었다. 그 정도는 허락할 수 있을 것 같았다.

강 형사는 사무실 앞에 미리 와 있었다. 강 형사는 외모도 그냥 형사였다. 계절과 상관없이 꺼내 입을 것 같은 점퍼와 느슨한 청바지, 단추를 두 개나 풀어 헤친 셔츠와 쿠션 좋은 운동화를 신고 있었다. T는 그의 이런 성향이 형사를 만들었을까, 형사란 직업이 취향을 구축했을까 궁금해졌다. 분명해 보이는 건 선천적인 DNA가 좀 더 형사에 가까워 보였다는 것이다. 네모난 얼굴에 윤곽이 뚜렷한 턱선, 그린 것 같은 짙은 눈썹에 짧게 깎은 헤어스타일, 뽕을 넣은 것 같은 각지고 넓은 어깨는 그의 직업을 숨기기 힘들 정도였다. 하나 아쉬운 게 있다면 소녀 감성을 담은 하이톤의 목소리 정도였다. 강 형사는 그 목소리로 사무실 문 앞에 떨어져 있던 메모를 건넸다.

"강창근입니다. 앞에 이런 게 떨어져 있네요."

행정 공무원이 제 명함 뒤에 업무상 도움이 필요하면 불러달라고 메모한 것이었다.

T와 강 형사는 가벼운 인사를 나누고 곧바로 비디오를 확인했다. 강 형사는 노트를 꺼내면서 돌아가신 박련섭 할머니의 인간관계가 궁금하다고 말했다. T와 강 형사가 알고 있는 할머니의 인간관계는 폐지를 매개로 하는 정도가 전부였다. 폐지를 모았다가 할머니에게 넘겨주는 고마운 분들과 폐지에 폐지(廢紙)값을 매기는 고물상 사장을 의심할 수밖에 없는 상황이었다.

강 형사는 금봉수에 대해서도 영상에서 확인할 수 있는지 물었다. 강 형사 자신이 알리바이를 확인했다고 말한 사실을 잊은 것처럼 보였다. 그만큼 용의자로 지목할 사람이 없다는 걸 단적으로 보여줬다. 수사진들이 모든 정황을 처음부터 되짚어야 할 만큼 박 할머니의 죽음은 미궁 속에 있었다. T와 강 형사는 마지막 영상부터 역순으로 확인하기로 했다. 아무래도 그편이 나을 것 같았다. 할머니는 처음 몇 주 동안은 최면을 원치 않으셨으니까. 사망 당일 오전 5시 45분 영상이 마지막 것이었다.

"그런데 아직 동도 트지 않았는데, 복지·최면을……?"

"폐지를 함께 줍기 시작한 이래 매일 그 시간, 할머니 댁을 찾았습니다. 그때부터 준비하시니까요. 그런데 그날은 제가 도착하길 기다렸다는 듯이 바로 최면을 요구하셨어요. 그래서……."

"아, 그랬군요! 그냥 단순한 호기심이었습니다. 어서 영상을 보시죠."

대답은 했지만, T는 왜 그날 할머니 혼자 폐지를 주우러 갔는지는 기억나지 않았다.

'쉬신다고 하고는 본인만……?'

할머니는 최면에 빠져들기 무섭게 눈물을 흘리셨다. 그리고 누군가의 이름을 부르는 것 같았다. 하지만 알아듣기 힘들었다. 분명 할아버지나 봉수는 아니었다.

「널 다시 보기 전엔 절대 영감 만나러 가지 않을 거야. 내가 너에게 그동안 못다 한 애미 노릇을 다 해주기 전엔 절대 죽지 않을 거야!」

"누구죠? 할머니에게 자식이 있었나요? 오래전에 헤어진? 서류엔 자식이 없다고 기록되어 있는데······?"

T는 쉽게 대답하지 못했다. 내용의 진의를 떠나 할머니의 말이 생소하고 낯설게 들렸기 때문이다. 불과 며칠 전 인터뷰한 내용인데도 너무나 생경했다. 마치 지금 옆에서 할머니가 얘기하는 듯 현재형으로 느껴졌다.

영상 말미는 다 모든 인터뷰에서 그렇듯이 "알레스 구트를 위해 자살을 선택할 수 없습니다. 그건 절대 옳지 못한 것입니다. 절대 허락할 수 없습니다. 알레스 구트는 자살로 당겨올 수 없는 것입니다!"라고 강한 어조의 항·자살 암시로 끝을 맺고 있었다.

할머니는 최면에서 빠져나온 각성 상태에서도 한동안 말없이 눈물을 찍어냈다. 짙은 회색 양복의 소매가 손을 뻗어 비디오카메라의 전원을 껐다.

"할머니에겐 어쩌면 예전에 헤어진 가족이 있는 게 아닐까요? 분명 '애미'라고 한 것 같은데요? 그렇다면 자식이 있었다는 얘긴데, 다른 말씀은 없었나요?"

"글쎄요. 그게 잘, 기억이 나질 않네요. 이상하게도······."

T는 기억이 단절된 느낌을 강하게 받았다. 아니, 단절된 정도가 아니라 누군가 억지로 끼워 넣은 영상처럼 생경했다. 강 형사는 기다릴 수 없다는 듯 다른 영상을 재촉했고, T는 마치 남의 자료를

대하는 것처럼 영상에 집중하지 못했다. 다른 영상에서도 더이상 '헤어진 자식' 얘기나 이를 뒷받침하는 건 나오지 않았다. 대부분 할아버지와의 추억들이나 억척스럽게 돈을 모았던 얘기들뿐이었다. 영상을 다 본 후 강 형사가 자기 머리를 쥐어뜯었다.

"아, 뭔 놈의 퍼즐이 없는 게 더 많으냐! 우, 미치겠네!"

그때 T가 뭔가를 떠올렸다.

"아, 영상이 하나 더 있습니다. 저는 비공식으로 역방향 시점 영상을 하나 더 저장합니다. 운이 좋으면 몇 분 더 길게 저장됐을 수도 있을 겁니다. 수사에 참고되리라고는 미처 생각지 못해서……."

강 형사는 금방 활짝 웃었다. 휴대폰을 PC에 연결했다. 영상은 할머니가 최면에서 각성하고 눈물을 흘리던 이후의 몇 분이 더 저장되어 있었다. 화면은 할머니 쪽에서 T를 비추고 있었고, 할머니는 눈물을 멈추고 고개를 들어 T를 쳐다봤다.

「인생은, 자네들이 생각하는 그런 게 아니야. 아네스 뭐라고 하는 건 그냥 하는 소리에 지나지 않는다고. ……고통스러워도 그냥 지켜볼 수밖에 없는 때도 있는 거야. 그걸 행복입네 불행입네 할 수는 없는 거라고. 자네가 처음에 한 말처럼 나를 정말 돕겠다면, 내 자네에게 부탁할 것이 있네.」

T와 강 형사는 침을 꿀꺽 삼켰다.

「어릴 적 잃어버린 아이가 있다네. 우리 영감이나 나나 모두 철없을 때였지. 출산과 동시에 나는 병을 얻어 병원을 전전해야 했고, 아이는 부모 없이 혼자 병원에 남게 되었네. 그러다 아이는 제 엄마 얼굴도 한 번 못 보고 형편 좋은 집으로 입양을 가야만 했지. 난 지금도 그 부분에 대해선 나 자신과 우리 영감을 절대 용서할 수 없다네. 암, 절대 용서받을 수 없는 게지. 자기가 난 아이를 내팽개치고 둘만 좋다고 살고 있으니 말이야. 그 아이를 찾아주게나. 최면술사라면 많은 걸 알아볼 수 있다고 들었네. 게다가 자넨 우리 지역에 처음 온 T 뭐시기라고들 하드만. ……제발 내 아이를 찾아주게! 내 모든 걸 그 아이에게 남겨주지 않고서는 절대 죽을 수 없네. 그 아이를 만나서 내 잘못을 빌고 용서를 구하겠네. 그래야 편하게 우리 영감한테 갈 수 있을 게야. 자네한테는 미안한 얘기지만 나는 최면으로 거짓 행복을 얻기 싫네! 그건 나에겐 속임수나 같은 거니까. 그런 건 고향을 오래 떠난 사람들이 사후에 옛 시간, 옛 지인들이 있는 그곳으로 돌아갈 수 있다고 할 때나 하는 말이라고. 제발 내 기억을 왜곡하지 말아주게나. 부탁함세!」

그 순간 T와 강 형사 모두 경악하지 않을 수 없었다. 비단 할머니의 얘기 때문만은 아니었다. 할머니의 말을 듣고 있던 영상 속 T의 얼굴이 심하게 일그러져 있었기 때문이었다. 마치 얼굴 한쪽에 심한 경련이 일어난 것처럼 보였다. 아니, 영상 속 T의 얼굴이 전파방해로 일그러지는 현상 같았다. 강 형사가 T를 흘깃 쳐다봤다. 하지만 T도 놀라지 않을 수 없었다. 자신의 그런 표정은 처음 보는 것이었으니까. 항상 영상 확인을 잊은 적 없었는데……. 여태 확인하고도 알아채지 못했던 걸까, 혼란스러웠다. 영상은 더 이어졌다.

영상 속 T는 천천히 자리에서 일어나 거실로 나가며 뭔가를 중얼거리는 것 같았다. 하지만 T는 그때 무슨 말을 했었는지 전혀 기억나질 않았다. 그 순간 영상에서 개 짖는 소리가 들려왔다. T는 마당에서 들려오는 소리에 아무런 관심을 주지 않는 것 같았다. T가 볼륨을 조절하려고 손을 뻗는데, 강 형사가 갑자기 소릴 질렀다.

"아, 저, 저, 저거!"

T도 그 뜻을 알아채고 영상을 되감았다 재생하고 일시 정지 버튼을 눌렀다. 거실 큰 창문 너머, 마당 건너, 담벼락 위로 누군가의 얼굴이 불쑥 솟았다가 사라진 장면이었다. 그건, 최득구였다.

"이거 할머니 사망 당일 영상인 거죠? 그렇죠?"

"그렇습니다."

"최득구, 저 양반 전날부터 내내 부동산에서 화투를 치고 있었다고 했었는데……?"

T와 강 형사는 누가 먼저랄 것 없이 사무실을 박차고 나섰다. 그리고 바로 최득구가 있었다는 부동산으로 달려갔다.

  부동산엔 마침 세 명의 증언자가 모여 있었다. 하지만 최득구는 보이지 않았다. 강 형사는 부동산 문을 열어젖히면서 환하게 웃었다. 그리고 곧장 소파의 증언자들 옆으로 바짝 붙어 앉으며 인사했다.

  "어이구~ 마침 다들 모여 계시네요? 강창근 형사입니다. 저희 어제 경찰서에서 뵈었었죠? 혹시 그사이 다른 하실 말씀이 생기진 않았을까, 하고 왔습니다. 뭐, 저는 좀 할 말이 생겼습니다만."

  강 형사의 여유와 달리 세 사람은 무척 당황하는 기색이었다. 하지만 시선만 회피할 뿐 누구도 쉽게 입을 열 것 같지는 않았다. 뒤따라 들어온 T를 보고 직원 한 사람이 들고 있던 티스푼을 떨어뜨렸다. 갑자기 몸을 심하게 떠는 직원 뒤로 다가간 T는 어깨에 손을 가볍게 올려놓고 말했다.

  "어렵지 않습니다. 최득구 씨를 이곳 부동산에서 본 시각을 얘기해주시면 돼요. 기억나지 않으면 기억나지 않는다고 얘기하시면 되고, 말하기 어려우면 어렵다고 말씀해주시면 되는 거예요. 물론 이번엔 그 이유도 말씀하셔야 하겠지만요. 착한 분들이 거짓말하시면 어깨가 꽉 조여와 아플 겁니다. 하나, 두울⋯⋯."

속으로 거짓말을 준비하고 있었던 걸까? 직원은 아무 말도 하지 않았지만, 어깨를 감싸고 고통스러운 표정을 지었다. 더이상 못 참 겠는지 두 손으로 T가 짚었던 어깨를 부여잡았다.

"으~악! 마, 마, 말할게요!"

직원이 비명을 질렀고, 다른 두 사람도 그 광경을 고통스럽게 지켜봤다.

"말할게요! 최 사장님, 할머니 사망 당일 오후 늦게 들어왔어요. 그 전엔 어디 있었는지 모르고요!"

"들어와서 뭐라던가요?"

"하루 종일 내내 여기에서 화투 치고 있었다고 하랬어요. 그게 다예요."

"왜, 최득구 씨가 시킨 대로 진술한 겁니까? 위증은 큰 죄인 거 몰랐습니까?"

"왜 모르겠어요⋯⋯? 알죠. 그런데 그 사람 보통 지저분한 사람이 아니에요. 칼 들이대고 시킨 거라고요!"

다른 직원 한 사람이 셔츠를 걷어 올려 배에 있는 상처를 보여줬다.

"이번에 그런 거예요?"

"아닙니다. 한 달 전에 그런 겁니다. 뜻대로 되지 않으면 앞뒤 가리지 않는 사람이에요. 가족들도 걱정스럽고, 그래서 거짓말했습니다. 어쩔 수 없었습니다. 죄송합니다."

"그럼, 최 사장, 아니, 최득구 그 인간, 지금 어디 갔습니까?"

강 형사가 물었다.

"조금 전까지 있었는데 자꾸 바깥을 흘깃거리면서 혼잣말로 '이 새끼 봐라?' 하더니만 뛰쳐나가서 아직 돌아오지 않았습니다."

부동산 대표가 처음으로 입을 열었다.

"누구 아는 얼굴이 주변을 서성거리기라도 했습니까?"

강 형사가 물었다. 이때 T의 머릿속을 스치는 것이 있었다.

"어깨는 이제 아무렇지도 않을 거예요. 앞으로는 거짓말하지 마세요!"

T가 부동산을 나서면서 직원의 어깨를 한번 감싸 쥐었다. 강 형사도 얼떨결에 따라나섰다.

"그 사람, 칼을 들고 나간 거 같아요!"

두 사람 뒤에서 대표의 외침이 따라붙었다.

"어디 가는 겁니까?"

"서둘러야 해요. 어서요!"

두 사람이 할머니의 집에 도착했을 땐, 이미 요란한 소리로 온 동네가 떠들썩했다. 마당 늙은 개는 짖어대면서 안절부절 어쩔 줄 몰랐고, 방 안에선 우당탕탕 부서지는 소리가 들려왔다. 둘은 누가 먼저랄 것도 없이 방으로 뛰어 들어갔다.

봉수의 바지는 이미 배 밑에서부터 흐르는 피로 흥건하게 적셔져 있었고, 득구의 피 묻은 칼은 바닥에 떨어져 있었다. 그러나 정작 득구는 인사불성으로 바닥에 널브러져 있었다. 한참 두들겨 맞은 것 같았다. 강 형사는 실신 직전의 득구에게서 봉수를 겨우 떼어 놓았다. 봉수는 아직도 분이 풀리지 않은 기세였다.

"저 새끼, 얼마 전부터 할머니를 계속해서 따라다녔다고요. 알리바이는 무슨!"

득구는 무슨 소리를 웅얼거리기는 했지만, 전혀 알아들을 수 없었다.

T는 현관문을 단속하고 늙은 개의 밥그릇에 사료와 물을 채웠다. 그리고 마당에 떨어져 있는 봉수의 가방도 챙겼다. 집 안팎을 천천히 둘러본 후 대문도 잠갔다.

집 앞으로 앰뷸런스와 경찰차가 요란한 소리를 내면서 도착했다. 봉수와 T가 앰뷸런스에 오르고, 강 형사는 득구를 부축해서 경찰차에 올랐다.

봉수는 다행히 크게 다치지 않았다. 자상이 깊지 않다고 구급대원이 그에 맞는 응급처치를 했다. 봉수는 여전히 분에 차지 않는지 매운 눈으로 씩씩거렸다. T가 봉수 옆에 가방을 놓았다. 봉수는 그제야 T를 의식하고 가방을 열어 다시 앞으로 내밀었다.

가방에서 삐죽이 튀어나온 카메라에 눈이 갔다. 얼마 전 보여줬던 미완성의 최면 상태 검색기를 기대했는데, 이번엔 이름이 옆에 새겨져 있었다. 'HypnoCam(힙노캠)'. AAA 배터리가 꽂혀 있는 걸 확인하고 전원 버튼을 눌렀다. LED 모니터가 밝아졌다. 다른 작동 버튼이 있는지 이곳저곳을 들여다보는데, LED 모니터에서 구급대원이 환하게 웃으며 브이를 만들었다.

T가 살짝 놀라서 고개를 들었더니, 구급대원이 쑥스럽게 미소를 지어 보였다. LED 점이 녹색 영역을 소폭 오갔다.

T는 밤늦게 두 개의 문자 메시지를 받았다. 봉수로부터 온 건, 배를 꿰매고 마취가 풀리자마자 할머니 댁으로 돌아와 집을 정리하고 있다는 것이었고, 강 형사의 것은 득구가 여러 가지 혐의로 바로 구속되었다는 것이었다. 하지만 득구는 여전히 박련섬 할머니의 살해 혐의를 완강하게 부인하고 있다고 덧붙였다.

T는 먹다 남긴 누렇게 된 사과를 씹으면서 박련섬 할머니가 영

상에서 했던 말을 되새겼다.

'인생은, 자네들이 생각하는 그런 게 아니야. 아네스 뭐라고 하
는 건 그냥 하는 소리에 지나지 않는다고. ……고통스러워도 그냥
지켜볼 수밖에 없는 때도 있는 거야. 그걸 행복입네 불행입네 할
수는 없는 거라고. 자네가 처음에 한 말처럼 나를 정말 돕겠다면,
내 자네에게 부탁할 것이 있네.'

"네, 맞습니다! 그건 사실이에요. 제가 근래 형수님을 좀 따라다
녔어요. 그날은 좀처럼 다니시지 않던 그 육교까지 가길래, 저도
뭔 일인가 하고 먼발치에서 뒤를 쫓았던 겁니다. 하지만 그게 다
라고요! 형수님이 육교 위에서 떨어지시는 것만 봤어요. 이미 너무
늦었었다고요! 정말이에요!"

득구는 칼로 문제를 해결하는 사람답지 않게 읍소하고 있었다.

"왜 그렇게 할머니 주위를 배회한 겁니까?"

"뭐, 돈이죠. 형님 돌아가시고, 남긴 게 좀 있으면 나눠 달라는
거였어요. 형님이 저희 집에 입양되었던 건 아시죠? 먹여주고 키워
주고 학교도 보내줬으니까, 이젠 저에게도 조금 나눠줘도 되잖아
요? 그렇잖아요?"

"당신에게 필요한 알리바이가 이제 막 사라졌습니다. 대신에 살

해 동기가 생긴 셈이고요."

"아이, 씨발. 억울해, 억울하다고!"

승애는 최면에 들 준비를 모두 끝마쳤다. 친지들도 승애가 긴 터널을 거슬러 14세의 해맑고 수다스러운 소녀로 돌아오길 기다렸다. 그 뒤엔 누구보다 T를 신뢰하는 오승택이 확신에 찬 표정으로 서 있었다. 하지만 정작 T는 스멀스멀 번지는 알 수 없는 불안을 느꼈다. 최면 상태의 승애와 T 사이의 연결 고리가 점점 손에서 미끄러져나가는 걸 느낀 것이다. 어쩌면 승애를 최면이라는 비현실적 무의식 공간에서 놓쳐버리는 건 아닐까, 걱정스러웠다. 승애의 최면 시간을 점차 줄이게 된 건 이 때문이었다. 물론 오승택과 친지들의 의구심은 점차 불만으로 변해갔다. 하지만 승애가 최면에서 깨어나는 순간을 T 이외의 다른 사람들과 공유할 수는 없었다. 승애가 겪는 각성의 불쾌감을 함께 느끼는 T는 '다음번엔, 다음번엔' 하는 승애의 다짐을 듣는 것 같았다. 어쩌면 어떤 결단의 순간이 올 수도 있다는 느낌이 T를 옥죄어 왔다. 오승택과 외할머니를 비롯한 친척들의 행복을 깨트릴 수도 있는 그 순간은, 분명 많은 고통을 동반할 게 틀림없었다.

승애는 오늘따라 T의 눈에서 제 시선을 떼어내질 못했다. 할 말이 있는 걸까? 최면 전 17세 승애는 무슨 생각을 하고 있을까? 승애도 자신의 함구증에 당혹스러워하는 건 분명해 보였다. 저도 어떻게 된 것인지 원인을 알고 싶은 걸까? 아니면 그 원인으로부터 달아나려는 것일까? 어쩌면 둘 다일 수도. 분명한 건 승애가 점점 각성의 순간을 못 견뎌 한다는 것이다. 깨어나면 아무런 기억도 남지 않는, 순백의 강을 건너왔다는 느낌은 끔찍할 것이다. 언제부턴가 승애는 최면 상태에 접어드는 순간보다 각성의 힘겨움을 준비하는 것 같은 느낌이 들었다.

"승애 양, 오늘도 나와 함께 몇 년 전으로 거슬러 올라갈 겁니다. 자유롭게 말할 수 있었던 그때로 말입니다. 의사 선생님께서도 승애 양이 이렇게 최면 상태에서라도 말을 자꾸 하면 무의식적으로 입이 열릴 수도 있다고 하셨거든요. 그땐 굳이 최면의 힘을 빌릴 필요도 없을 테죠. 저는 쓸모없어지게 되겠지만, 그래도 전 그때가 빨리 왔으면 좋겠습니다. 승애 양의 입을 다물게 했던 게 뭔지는 몰라도 봄 햇살에 겨우내 쌓인 눈 녹듯 다 사라졌으면 좋겠어요.

방법은 지난번과 같습니다. 회중시계를 쥔 제 오른손은 시간의 터널을 거슬러 올라갈 때 승애 양을 안내할 손이에요. 지금은 멈춰 있는 이 시계는 승애 양이 최면 상태로 빠져들면 비로소 움직이기 시작해 승애 양이 저쪽에서 안전하게 머물 수 있는 시간을 알려줄 겁니다. 그리고 제 왼손은 승애 양을 다시 이쪽으로 데리고 나올 튼튼한 밧줄입니다. 어떤 일이 있든지 제 손만 잡고 있으면 안전하게 다시 돌아올 수 있다는 얘기죠. 저는 승애 양 무의식의 목소리를 듣고 있을 겁니다. 그래서 조금이라도 불편하고 괴로운 기색이 보이면 바로 승애 양을 데리고 나올 거예요. 안전하겠죠? 그러니 걱정하지 말아요. 저와 함께 3년 전 가족이 모두 행복했던 그때로 돌아가보도록 하겠습니다. 꼭 잡으세요. 여행을 떠납니다."

시선을 여전히 T에 단단하게 고정한 승애가 고개를 천천히 끄덕였다.

"시계를 쥔 제 오른손은 대리석 바닥처럼 차갑습니다. 그리고 왼손은 겨울에 마시는 보리차처럼 따뜻합니다. 그 차가움과 따뜻함의 차이는 너른 계곡과도 같습니다. 계곡 사이로 시간의 강물이 흐르기 시작합니다. 그 강물 위로 우리 두 사람은 부드럽게 착륙합니다. 하나, 둘, 삼, 넷. 승애 양은 숫자 삼을 따라 맑은 시냇가를 걷고 있습니다."

승애는 다시 14세 소녀의 명랑한 눈을 뜨고 있었다. 3년 동안 반복된 광경이지만, 그 순간만큼은 자연스레 사람들의 탄식이 터져 나왔다.

박련섬 할머니가 사망한 육교 아래에는 여전히 애도의 꽃다발과 촛불이 싱싱했다. 사람들은 할머니가 오래전에 헤어진 아이와 다시 만나고 싶어 했다는 사실을 모른다. 그 간절한 마음이 늙고 지친 몸을 이끌고 매일 폐지를 줍게 했다는 걸. 그토록 절박하고 쩔쩔맬 수밖에 없는 삶의 원인은 아직도 거리를 나뒹굴고 있을지도 모를 일이었다. 어쩌면 사람들은 자기 자신을 위한 꽃다발과 촛불을 할머니에게 바치는 게 아닐까, 싶었다.

육교 아래 빈 벤치에 앉아서 이런저런 생각을 하고 있을 때, 공리청으로부터 메시지가 도착했다.

김옥이 할머니께서 사망하셨습니다.
확인한 바에 의하면 *알레스 구트*를 달성하신 것에
의심의 여지가 없다고 합니다.
모두 T164.42ㅎㅅ 덕분입니다.
이에 공리청은 귀하의 노고를 위로하는 바입니다.

최면술사들이 가장 받고 싶어 하는 메시지였다. 그러나 김옥이 할머니는 며칠 전에도 정정하셨는데, 하는 불안한 마음이 고개를 들었다. 다시 허리가 욱신거렸다.

T는 사무실에 돌아오는 대로 김옥이 할머니의 사망 보고서를 요청했다. 직원이 서류를 건네주면서 산뜻한 미소를 지어 보였다. 내용을 알고 있다는 눈치인 것 같았다. 그녀에겐 T가 방금 실적을 하나 더 쌓은 것으로 보였을 것이다.

사망자: 김옥이(여, 82)

배후자: 없음(남편 남영수 님은 5년 전 작고. 향년 81세)

자녀: 2남 2녀(아들은 모두 병으로 사망)

사망원인: 화재

(관할 소방서 진단 결과 – 사용자 부주의. 누전)

복지·최면의 측면에서 자연사는 꼭 침대 위에서 생리·병리적 시계가 멈추는 것을 의미하지는 않는다. 예상치 못한 사고에 의한 사망도 자연사로 간주한다. 비공식적이지만 공리청에서는 자살과 타살 이외의 모든 죽음을 자연사로 규정하고 있다. 죽음의 질적 차이일 뿐이라고 판단하는 것이다. 물론 복지·최면으로 *알레스 구트*를 실현할 수 있는 범주를 기준 삼은 것이다. 육교 위에서 사고로 떨어져서 최후를 맞이했다면 자연사요, 교통사고로 사망했다고 해도 그 역시 자연사인 것이다. 죽음의 원인이나 잘잘못을 떠나서 말이다. T 역시 이에 동의하고 있다.

복지·최면술사는 사망자의 마지막 순간에 인생의 모든 즐거운 기억을 정제해서 행복만을 느낄 수 있도록 돕는 역할을 한다. 하지만 김옥이 할머니의 경우는 조금 달랐다. T는 다시 한번 혼란스러워졌다. 김옥이 할머니는 평소 전기를 아끼기 위해 데운 물이나 공중화장실에서 받은 온수를 넣은 고무장갑을 끌어안고 잔다는 사실을 잘 알고 있었다. 평생 전열기 스위치 한 번 맘 놓고 켜지 못한 사람이 누전에 의한 화재로 사망했다는 사실이 불공평하게 느껴졌다.

처음 김옥이 할머니 집을 방문했을 때에 가장 먼저 눈에 들어왔던 건 낡은 데다가 보수가 전혀 되지 않은 전선들이 먼지가 쌓인 채 어지럽게 얽혀 있던 것이었다. 바로 조치하려 했지만, 전면적인 보수가 필요할 것 같아서 시간을 갖기로 했었다. 연기 결정엔 할머니가 전열기를 비롯해 전기를 거의 쓰지 않는다는 점이 크게 한몫했다. 그래서 T는 촛불을 켜놓고 자다가 불이 났다면 또 모를까, 하고 생각하던 터였다.

박련섬 할머니의 사망에 이어 며칠 만에 들려온 사망 소식이라 민감해진 탓도 부정할 수는 없었다. 연세나 평소 건강 상태로 보면 언제 돌아가셔도 이상하지 않은 분들이 T 레벨의 피술자로 지정되는 건 사실이었으니까. T는 서류를 들여다보았다. 하지만 아무리 들여다봐도 이상한 점은 없었다.

T 레벨의 최면술사가 배속되어야 할 정도로 급격히 노령화가 진행되는 고립된 지역. 여든을 넘긴 고령에다 병원 치료를 거부하는 노인들. 충분히 먹거나 쉬지 못하는 건 물론이고 가족의 관심과 보호에서 멀어진 고독한 삶. 연이어 들리는 사망 소식은 그리 놀라운 일이 아니었다. 하지만 T는 여전히 개운치 않았다. 화재의 원인을 더 자세히 알고 싶었다. 공리청에서 이런 재검증 행위를 달가워하지 않아도 어쩔 수 없었다.

T가 방을 나서려고 문을 여는데 바로 앞에 누군가 서 있어서 깜짝 놀랐다. 가만 보니 이전에 강 형사가 주워 건넸던 메모의 주인, 그 행정 직원이었다.

"무, 무슨 일이시죠?"

"아, 죄송해요. 놀라게 할 마음은 전혀 없었는데……."

"괜찮습니다. 문 앞에 바짝 붙어 계셔서…… 제게 볼 일이 있으신가요?"

"……네."

직원은 대답한 이후로도 잠시 말을 잇지 못했다. 망설이며 몸을 비틀다가 어떤 생각이 떠올랐는지 재킷 주머니에서 뭔가를 꺼내 건넸다. 이번에도 명함이었다. 하루가 멀다고 사무실이나 사택 문에 꽂혀 있다가 바닥으로 떨어지는 그 명함. T는 처음엔 홍보물인가 하고 자세히 보지 않다가 그 명함에 작은 손글씨로 용건이 적혀 있다는 걸 알고 나서부터는 버리지 않고 모으고 있었다.

문구류는 바로 요청하시면 되고,
구매할 게 있으시면 이틀 전에 알려주세요.
하루, 이틀 정도 개인 비서가 필요하시면
일주일 전에 미리 말씀해주세요.
주유 할인권이 필요하시면 말씀해주세요.
화초가 더 필요하시면 말씀해주세요.

글씨가 얼마나 작던지, 주소와 휴대폰 번호의 행간에도 들어갈 수 있겠다고 생각했었다. 작게 쓰는 방법보다는 보여줄 생각이 있는지를 먼저 묻고 싶은 그런 메모였다.

"최면술사에게 비서가 배정되는지 몰랐는데요?"

"행정적으로 지원되지는 않는 건 맞아요. 자원봉사죠."

"그럼, 일주일은……?"

"월차를 신청하려면 일주일 전에 내야 해서요."

"그 자원봉사자, 혹시 김유라 씨예요?"

"기억하시네요, 제 이름! 네, 저예요!"

"그게 문제가 아니고, 이름이 머릿속을 맴돌 정도라고요. 자원봉사도 그러실……."

"저, 부탁이 있어서요."

유라는 시선을 떨궜다.

"뭐, 뭔데요?"

"그런데 너무 사적인 거라 부탁드리는 게 맞는지 모르겠어요."

"제 일이 원래 지극히 사적인 일을 지극히 공적인 업무로 만드는 겁니다. 그러니 괜찮습니다. 말씀해보세요."

T와 유라는 다시 사무실로 들어와 정식으로 마주했다.

"사랑하는 사람이 있었어요. 그 사람을 제 기억에서 지워주실 수 있을까 해서요."

"……."

"그 사람과의 추억이 지금은 지독한 괴로움이 되었어요. 남김없이 삭제되었으면 좋겠어서…… 이유는 묻지 말아 주세요."

T도 애초에 이유는 묻지 않을 생각이었다.

"다른 방법은 생각해보지 않으셨나요?"

"떠오르는 게 없었어요. 다른 방법은. 제 기억만 사라지면 모두가 평화로워질 것 같아서요."

"기억의 일부를 지운다는 건 말처럼 쉽지 않습니다. 그분을 떠올리게 하는 많은 연결 고리를 끊어서 평평하게 만들어야 하는 거니까요."

"……어렵겠죠?"

유라의 눈엔 어느새 눈물이 맺혔다.

"이렇게 하는 건 어떨까요? 기억을 지운다는 극단적인 방법보다는 흐릿하게 만드는 거죠. 기억은 남지만, 평범하고 특색 없게 느끼도록 만드는 거예요. 이 역시도 시간은 오래 걸릴 거지만 그래도 지우는 것보다는 더 완만한 해결책 같거든요. 보통은 안고 살아간다고 하는……."

"그것도 좋은 생각인 거 같아요! 그럼 제가 어떻게 해야 하나요?"

"제가 사무실에 있을 때 가끔 들려주세요. 조금씩 이야기를 들으면서 해결하도록 하죠."

"그런데 제가 드릴 수……."

"복지라고 생각하세요. 행복하기 위한 거니까요. 정 미안하시면 맹물이라도 한 잔 들고 오셔도 좋고요."

유라가 사무실 구석에 놓여 있는 정수기를 돌아봤다.

"차(茶)는 어떠세요?"

"비용 부담 없고, 카페인 없는 거라면 좋습니다."

"다시마차 어떠세요? 제 고향에서 다시마가 많이 나거든요. 그래서 아버지께서 손수 다시마차를 만들어서 보내주세요."

"좋죠! 유라 씨 덕분에 다시마차도 다 마셔보겠네요."

"정말 맛있어요! 그러면 저도 조금은 편해질 것 같아요. 다른 해야 할 일은 없을까요?"

"혹시 시간 될 때 그분과의 일들을 정리해서 보여주시면 도움이 될 것 같습니다."

유라는 갑자기 잠시 다녀오겠다는 말을 남기고 사무실을 뛰쳐나갔다. T의 당황스러운 마음이 채 가시기도 전에 유라는 헐레벌떡 돌아왔다. 가슴팍에 전화번호부처럼 두꺼운 책을 안고서.

"일기예요. 그 사람과의 추억이 담긴."

유라는 세상 어색하게 웃고 있었다.

두 번째
알레스 구트

“어쩐 일이십니까?”

강 형사는 T의 방문이 의외라는 표정을 지으면서도 반가운 기색을 숨기지 못했다. 함께 박련섬 할머니 사건을 해결하고 봉수를 위험에서 구해냈다는 동지 의식이 작용한 터였다.

“그냥 어떻게 돼가는지 궁금해서 들렀습니다.”

“아마도 유죄로 인정될 겁니다. 물적 증거는 불리하지만 말이죠. 최득구, 그 사람 아주 용의주도한 데가 있는 사람이에요. CCTV나 블랙박스 영상도 건진 게 전혀 없거든요. 하지만 그 육교 근처에 사망자와 최득구, 두 사람이 함께 있었던 건 그도 인정한 바가 아니겠습니까? 게다가 자신의 알리바이를 만들기 위해 세 사람을 협박했고, 법정 상속자인 금봉수 씨를 칼로 찔렀습니다. 아마도 법정에선 이 모든 정황이 박련섬 할머니 살인죄의 증거로 인정될 겁니다. 걱정하지 마세요.”

“최 씨가 말한 것처럼 할머니가 육교에서 떨어진 것 같으세요?”

“글쎄요. 그 점이 알기 힘들게 되어버렸어요. 국과수 부검 결과에 따르면 자동차 충돌의 충격으로 사망한 건 분명하지만, 그 전에 추락이 있었는지 알기 힘들다고 했거든요. 추락과 교통사고가 신체에 미치는 영향이 비슷하다고 해요. 게다가 육교가 아파트만큼 높지도 않고요. 자동차 충격으로 인한 손상에 묻혔다고 볼 수도 있고, 추락이 전혀 없었다고 볼 수도 있다는 겁니다. 최득구는 육교에서 떨어졌다고 하지만 어디 믿을 수 있어야지요. 저는 오히려 박 할머니가 최득구를 피해서 도망치다가 사고를 당한 것일 수도 있다고 봅니다. 할머니 신발은 최득구가 올려다 놓은 거고요.”

“혹시 오늘 새벽에 사망한 김옥이 할머니에 대해서도 알고 계시는 게 있을까요?”

“화재로 사망한 분 말씀이시죠? 두 사건이 연관성이 있다고 보시는 건가요? 최득구는 이미 잡혀 있는데요?”

"아뇨. 그렇게 생각하진 않아요. 다만 화재로 돌아가신 것에 대한 죄스러움이 좀 있습니다. 미리 조치했더라면 화재로 돌아가시지 않았을 텐데, 하는…… 그래서 화재 원인을 자세히 알고 싶은 거예요. 다음번에도 같은 일이 반복되지 않으리란 법은 없으니까요. 그런데 그건 제 영역이 아니라서……."

"소방서에 상세한 보고서를 요청할 수 있을 겁니다. 그리고 현장도 함께 가보시죠."

김옥이 할머니의 집은 그야말로 새까만 재가 되었다. 원래부터 없었던 것처럼 무(無)로 돌아가 있었다. T는 기억을 더듬어 대문이 있던 곳을 통해 집 안으로 들어갔다. 불에 탄 가전들이 물에 젖어 박제된 가운데, 까맣게 그을린 전열기가 할머니의 잠자리를 향하고 있었다.

T의 기억으로 그 전열기는 신문에 겹겹이 쌓여 옷장 위에 있었다. 춥게 지내지 말고 전기장판이라도 좀 켜라고 하자 할머니가 가리켰던 것이었다. 그때의 충고를 들었던 것일까? 그런데 그것만이 아니었다. 그 옆으로는 오래된 토스터와 작은 오븐 같은, 난방기구가 아닌 전열기들도 늘어서 있었다. 그 가운데 할머니의 이불이 남아 한 사람이 누워 있던 흔적을 그대로 드러냈다. 사람이 누운 자

리만 화마로부터 보호받은 것이다.

그런데 T는 아까부터 이상하다고 느꼈다. 할머니의 모습이 도통 떠오르지 않았다. 할머니의 집에 와서도 달라지지 않았다. 강 형사는 어디에 서 있을지 몰라 집 밖을 서성이며 누군가와 제법 긴 통화를 하고 있었다. 통화가 끝나자 바로 담벼락이 있던 곳을 넘어 T에게 다가왔다.

"제가 소방서에 물어봤더니 자세하게 대답해줬습니다. 지금 현장은 소화 후 그대로 보전된 거랍니다. 자기들도 아직 전열기 과열 때문인지 아니면 처마 밑 전선 합선이나 누전 때문인지 결론짓지 못하고 있다고 하네요. 어쩌면 동시에 일어난 일일 수도 있다고 하고요. 소방서에선 자연발생적인 화재로 의견이 모이는 것 같습니다. 집 배선이나 전열기들이 모두 너무 낡아서 마치 시한폭탄과 같이 위태로운 상황이었다고 합니다. 과열이나 합선으로 불이 나도 전혀 이상할 게 없었다네요. 이걸 보세요. 소방서에서 찍은 할머니 시신 사진입니다."

신문에 김옥이 할머니의 사진이 올라오지 않은 이유를 충분히 짐작할 수 있었다. 할머니의 사체는 불에 타 훼손되어 있었다. 공리청에서는 용케도 노출된 얼굴 근육과 치아로 *알레스 구트*를 달성했다고 판단한 것 같았다. T는 기분이 좋지 않았다. 어제오늘 일도 아니지만 이런 경우 특히 불쾌감은 반복됐다. 일의 특수성 때문에 생기는 고충으로 받아들일 수도 있는 문제였지만, 개선되거나 피할 수도 없었다. 까맣게 탄 시신을 평가해 노고를 위로받는다는 건 아무래도 영원히 익숙해지지 않을 것 같았다. 아무리 정교한 프로그램으로 표정을 판독한다고 해도 그게 웃는 것인지 고통에 일그러진 것인지는 사망자 본인만 알지 않을까?

T가 겨우 의혹을 떨치고 자리를 옮기려는 순간, 불에 타 사라진 대문 앞에서 의외의 사람과 맞닥뜨렸다. S802였다. 그의 손엔 꽃다발이 들려 있었다. 그러고 보니 김옥이 할머니 역시 S802로부터 T에게 인계된 피술자였다. 그가 T에게 먼저 다가왔다.

"먼저 오셨군요! 저도 연락을 받았습니다. 알아보니 특별한 장례 일정이 없다고 해서…… 그래서 저라도 이렇게 명복을 빌어 드리고 싶었습니다."

S802는 성긴 꽃다발이 부끄럽다는 듯 가슴에서 멀리 가져갔다.

"저는 꽃다발은 생각 못 했습니다. 사려가 깊으시군요. 저흰 마침 볼 일을 다 봤습니다. 먼저 가보겠습니다. 또 뵙겠습니다."

그렇게 T와 S802는 어색한 인사를 나누고는 헤어졌다. 뒤돌아서는 T의 가슴에 의혹의 불씨가 일어났다.

현장으로 향하던 차 안에서 강 형사는 가볍게 T의 예민함을 지적했다.

"두 할머니의 죽음에 무슨 연관성이 있다고 보시는 거죠? 그리고 그 관계엔 어떤 의도된 손길이 있다고 말이죠? 저도 하는 일이 의심하는 거라지만, 제 생각은 조금 다릅니다. 저희는 동기를 보거든요. 박 할머니의 경우는 몰라도 김 할머니에겐 어떤 동기도 보이질 않아요. 재산을 남기신 것도 아니고, 할머니 돌아가시는 걸로 누구도 이익을 보지 못한다, 이겁니다. 유일한 연관성이라고는 T밖에 없는데…… 아, 아니, 죄송합니다. 그런 뜻이 아니라……."

T는 사무실로 돌아와 그간의 스케줄을 살폈다. T가 담당하는 30퍼센트가량의 피술자들이 S802로부터 넘어왔다. 그중 두 분, 박련섬 할머니와 김옥이 할머니 역시 S802의 피술자들이었다. 두 사망 사건의 공통분모로 S802가 떠오르는 순간이었다.

T에겐 S802가 두 사건의 유일한 연결 고리로 보였다. 강 형사가 말한 그 '동기'도 짐작할 수 있었다. T의 명성에 기대어 *알레스 구트*의 시술자로 이름을 알릴 수 있기 때문은 아닐까? 신문 지면에는 담당 최면술사를 모두 소개하는 게 관례니까. 공리청 심사에도

유리한 경력이 되어줄 게 분명하다. 본인은 T 레벨에 관심 없다고 했다지만, 그건 어디까지나 말뿐이지 않을까? 최고 레벨을 목표로 삼지 않는 사람은 아마도 없지 않을까 싶은 것이다. 금욕을 감당해야 하는 문제가 남겠지만, 가능하다면 T 레벨 최면술사가 되고 싶지 않았을까? T 레벨 최면술사로 은퇴한다면 최고의 몸값을 보장받을 수 있을 테니까.

S802가 의심스러운 또 다른 이유도 있다. 박련섭 할머니의 죽음 이후, 자료를 검토하는 과정에서 확인된 낯선 자료들 때문이다. 불과 며칠 전에 검토한 자료를 알아보지 못할 수는 없었다. 누군가가 자료를 몰래 끼워 넣었다고밖에 볼 수 없었다. 최면술사의 사무실에 아무렇지도 않게 출입하고도 의심받지 않을 사람이 있다면 그건 바로 같은 최면술사면서 얼마 전까지 그 사무실을 사용했던 사람이 아닐까? 어차피 어떤 보안 시설도 없으니까. 그리고 그 자료들은 아마 할머니의 사망을 바르게 이해하는 데 잘못된 이정표가 되었을지도 모른다.

만약 이 추론이 틀리지 않다면 '어떻게 저질렀나'보다 '다음은 누구일까'가 더 시급한 문제가 될 수 있었다. 잘못된 추론이라면 아무 일 없던 것처럼 예민해진 마음을 추스르면 그만이다. 며칠 휴가라도 얻어서 심신을 달래면 해결될 일이다. 그래도 마음의 빚을 청산하지 못하면, S802에게 당신을 의심했다고 사과하면 깨끗하게 받아들여지지 못할 것도 아닐 것이다. 하지만 만약에 이 위험한 추론이 맞는다면, 다음 피해는 공리청의 명예를 걸고서라도 꼭 막아야 한다.

T는 주유소에서 봉수가 일하는 모습을 말없이 지켜봤다. 얼마 후 시선을 느낀 봉수가 다가와 살가운 인사를 건넸고, 둘은 대화를 위해 한적한 곳을 찾았다. T는 망설이다가 어렵게 용건을 꺼냈다. 봉수 이름으로 승용차를 한 대 빌려달라는 것이었다.

T는 주유소에 오기까지 수십 번도 더 망설였었다. 오승택의 도움을 받는 것과 저울질했기 때문이다. 기사 딸린 승용차를 제공하겠다고 했었기에 부탁하면 어려움 없이 도와줄 수 있을 것 같았다. 하지만 그럴 수 없었다. 한 번 사양한 제안을 뒤늦게 받아들이겠다고 한다면 거절의 순수한 의도를 오해받을 수 있거니와 비밀스럽게 움직이기도 힘들어질 것 같았다.

봉수에게는 부담을 안기는 꼴이 되겠지만, 다른 방도가 없었다. 그런데 정작 봉수는 아무것도 묻지 않았다. 봉수도 이 부탁이 할머니와 관련 있으리라 짐작했고, T를 믿기로 한 것 같았다. T 역시 나중엔 모든 걸 투명하게 밝히겠다고 약속했다.

T는 현금 봉투를 내밀었고, 봉수는 말없이 받아 넣었다. 차는 할머니 댁 담벼락에 세워놓기로 하고, 차 키는 맥아더의 사료 봉지 안에 넣겠다고 입을 맞췄다. T는 할머니가 키우던 늙은 개의 이름이 '맥아더'란 사실을 처음 알게 되었다.

최면술사의 스케줄은 공공연하게 공개됐다. 복지과 인트라넷만 살펴봐도 아무개 최면술사의 하루 업무가 자세하게 도식화되어 있었으며 다운로드도 가능했다. 몇 시부터 몇 시까지 피술자를 만나며, 또 언제부터 행정기관 자원봉사를 하는지 등의 일정을 살필 수 있었다. 물론 피술자에 관한 정보는 철저한 보안 사항이었지만, 관할 부서 직원들은 그 내용의 대강을 확인할 수 있었고, 이는 복지의 투명성에 큰 도움이 된다고 믿었다.

이런 이유로 T는 S802의 피술자 집 앞에 미리 나와 기다릴 수 있었지만, T는 먼저 S802의 집 앞으로 방향을 잡았다. 출근 모습을 지켜보기 위해서였다. 어차피 최면 과정은 지켜볼 수 없기에 최대한 업무 이외의 시간을 살필 생각이었다.

T는 하루치 스케줄을 뒤로 미뤘다. 다행히 차량 유리엔 짙은 색상의 필름이 부착되어 있었다. 봉수는 대단히 신중한 청년이었다. 차를 이용하는 시간과 자신의 알바 시간이 겹치지 않도록 주유

소 근무 시간을 야간으로 옮기는 수고를 기꺼이 감수했다. 그래야 T가 빌린 차로 낮에 거리를 돌아다녀도 의심받지 않을 수 있을 테니까. 봉수는 근무 이외의 시간엔 할머니 댁에 들어앉아 나오지 않았다. T는 차량을 몰고 나갈 때, 안에 있는 봉수가 알아챌 수 있도록 대문 벨을 두 번 누르고 차의 클랙슨도 두 번 울리고 출발했다.

S802의 출근 시간은 작은 동네 행사처럼 시끌벅적했다. 주택 앞으로 아내와 속옷 바람의 아이 셋이 나와서 요란하게 아빠와의 이별을 아쉬워했다.

S802는 복지과까지 걸어서 출근했다. 그 탓에 T는 미리 복지과 앞까지 가 있어야만 했다. S802는 잠시 사무실에 들렀다가 바로 피술자에게 향했다. 이번에도 40분 남짓의 길을 걸어서 갔다. S802는 하루에 네 명의 피술자를 만났는데, 하나같이 거동이 불편했다. 복지·최면술사들이 만나는 대부분 피술자가 그렇듯이. 박련섬 할머니나 김옥이 할머니가 오히려 특별한 경우였다. 그래서 피술자들이 약속을 어긴다는 건 매우 심각한 경우일 수 있었다.

S802가 제일 먼저 방문한 정순철 할아버지는 아흔을 넘긴 고령

이었다. 거동은 불편했지만, 정신만큼은 또렷한 편인 할아버지는 얼마 전 암 진단에도 불구하고 치료를 거부한 상태였다. 호스피스를 권유받았지만, 이 역시도 거절했다. 집에서 최후를 맞이하고 싶다는 이유에서였다. 그 집이 부모님의 젊은 시절과 마지막 순간, 자신의 어린 시절이며 아내와 자식들과의 모든 순간을 담고 있다고 결연하게 말했다고 한다. S802가 집으로 들어간 후 T가 밖에서 목격한 건 창문이 열리고 창가 화분에 물이 촉촉하게 뿌려지는 모습이었다. T는 차 안에 앉아 S802의 시술을 시뮬레이션해봤다. 상상 속 S802의 행동에 T의 추측을 더빙했다고 해야 할까.

"최면이라고 해도 저희 대화는 다 기억하실 수 있습니다. 다만 현실감 있게 어릴 적이나 기억이 흐릿한 과거 시점으로도 돌아갈 수 있는 정도죠. 그런 의미에서 시술 중에는 앞으로 할아버지를 정순철 님이라고 부르겠습니다. 그래야 과거와 현재의 시점이 뒤섞여도 이질감이 적거든요. 괜찮으시죠?"

잠시 후 S802가 집 밖으로 모습을 드러냈다. 문을 나서면서 검은 비닐봉지를 집 앞 쓰레기통에 버리는 게 포착되었다. 그리고 S802는 그대로 다음 일정을 향했다.

T는 S802가 사라진 후 쓰레기통에서 천천히 비닐봉지를 수거했다. 그리고 S802의 다음 피술자의 집에 S802보다 먼저 도착할 수

있도록 달려갔다.

하루 동안 지켜본 결과 아직 S802에겐 특이점이 보이지 않았다. 물론 한 번의 관찰로 이렇다 저렇다 말할 단계는 아니었다. 그리고 두 할머니가 의문의 죽음을 맞이한 이후 얼마 되지 않아 조심하는 것일 수도 있었다. 집으로 돌아가는 길에 버스를 한 번 탄 것 빼고는 걸어 다녔으며, 퇴근 후에도 두 군데 더 최면을 시술했다. 학원가에서 아이들을 대상으로 하는 집중력 향상을 위한 최면 암시였다. 그중 한 번은 T도 가까운 곳까지 다가가 S802의 시술 내용을 엿들을 수 있었다. 선글라스를 쓰고 로만칼라도 가렸지만, 몇몇은 T를 유심히 살펴보고 이상하게 생각했다. 단 한 차례 지켜본 바지만 S802의 최면 시술은 상당히 인기가 있는 것 같았다. 굳이 생각을 읽을 필요도 없었다. 아이들은 열렬히 반응했고, 선생님도 적극적으로 호응했다. 복지·최면이 좋은 인상을 주는 것도 있었지만, S802의 최면 유도도 신사적이고 깔끔했다. 두 번째 학원에서는 봉투를 받는 대신에 큰딸을 데리고 나왔다. 아마도 학원비를 대신하는 것 같았다.

S802는 퇴근길 집 앞에서 다시 한번 가족들로부터 융숭하게 환대받았다. 종일 걷고, 피술자들의 뒤치다꺼리를 하고, 또 복지·최

면에 이어서 아르바이트 최면 시술까지 쉬지 않고 땀을 흘렸던 대가로 충분해 보였다. 일과는 정확하게 밤 9시에 끝났다.

T는 담벼락 앞에 차를 세우고 키는 맥아더의 사료 봉지에 넣었다. 그리고 초인종만 짧게 두 번 눌렀다. 봉수도 기다렸었는지 집 안에 있다는 표시로 거실의 불을 켰지만 나오지는 않았다. 그편이 나을 것 같다고 판단한 모양이었다.

봉수는 여전히 법적 양아들로서의 상속 절차를 보류하고 있었다. 수사가 아직 완전하게 종결되지 않았고, 자신도 권리가 있다고 주장하는 득구의 재판 결과도 나오지 않았기 때문이다. 변호사는 오히려 상속자로서의 절차를 밟는 게 좋겠다고 조언했지만, 봉수는 그러고 싶지 않아 했다. 할머니 생전에 양아들로 올리지 않으려 했던 이유를 여전히 마음에 두고 있는 것 같았다.

T의 집 앞에는 한참을 기다렸다는 유라의 흔적이 있었다. 자객이 꽂아놓은 표창처럼 명함 몇 장이 문틈에 꽂혀 있었다. 여러 장의 명함에 나눠 적은 유라의 메모를 나름대로 유추해 순서를 매겨보니 말하고 싶은 내용이 드러났다.

23번 버스를 봐도 아무런 느낌이 없는 걸 보니,

최면이 잘 작동하고 있는 것 같아요.

사파이어 모텔도 그냥 지나칠 수 있었어요.

그런데 최면이 너무 잘 작동하니까 욕심이 생겼어요.

제가 더 욕심내도 될까요?

현관 신발장 위엔 아직도 안으로 들이지 못한 유라의 두꺼운 일기장이 놓여 있었다. 누군가의 마음을 들여다본다는 건 최면술사에게도 익숙해지기 힘든 일이었다. 하지만 이번엔 피할 수 없을 것 같았다.

일기장이 왜 그렇게 무겁고 두꺼운지 몇 장을 넘겨봐도 금방 알 수 있었다. 영화 티켓, 유원지 입장권, 편의점 영수증이 빽빽하게 붙어 있었고, 홍보 리플릿은 비닐봉지에 넣어 스테이플러로 속지에 단단히 박아놨다. 영수증 각 항목 여백에는 지시선을 빼서 느낌이나 이유를 달아놓았는데, 어느 유원지 입장권에 프린트된 오리배 두 척 이미지 옆에는 다소 긴 지시선(여백이 멀리 있었으니)을 빼서 생각을 달았다.

이제 오리 배는 영업하지 않는다고!

우리 오빠에게 오리 배를 돌려줘라~

　T는 일기장에 빠져들어 꺼내둔 양배추가 바람에 시들어가고 있
다는 사실조차 까맣게 잊고 있었다.

　강 형사는 T의 방문에 또 한 번 놀랐다. 예고도 없이 집을 방문
했다는 건 무척 중요하거나 시각을 다툰다는 의미였으니까. T는
아무런 설명 없이 다짜고짜 부탁부터 했다.

　"네? 몰래카메라요? 그거 불법인데요?"

　"제 방에 설치하는 거라도……?"

　"아! 전, 또…… CCTV를 말씀하시는군요?"

　"그것도 숨겨서 설치할 수 있는 건가요?"

　"못 할 것도 없죠. 보통은 드러내서 예방 효과도 얻는 거지만요.
그런데 왜 설치하시려는 건가요? 도둑이라도 들었나요?"

　"비슷합니다. 누군가 제 방에 들어와 다른 뭔가를 섞어놓고 가
거나, 제 자료에 손을 대고 있는 건 아닌가 싶어서요."

　순간 강 형사의 눈빛이 날카롭게 빛났다.

　"그 자료들이 어떤 차이를 가져오는 거죠? 누군가에게 어떤 이
익을 준다거나……?"

"그건 아직 잘 모르겠습니다. 그런데 그 자료란 것들이 모두 돌아가신 박련섭 할머니와 김옥이 할머니에 관한 자료들이라서 조금 이상하다는 정도뿐입니다."

"설치해드리겠습니다. 어려울 건 없습니다. 웹에서 확인하실 수 있도록 해드리겠습니다."

"고맙습니다."

"그런데 잠시 쉬셨다고 하던데 어디 편찮으신 건 아니세요?"

"아, 아닙니다. 좀 정리할 것도 있고 해서요."

"혹시 또 도움이 필요하신 게 있으시면 언제든지 연락해주세요."

"감사합니다. 쉬시는데 결례가 많았습니다. 안녕히 계십시오."

사무실로 돌아온 T는 경악하지 않을 수 없었다. 자신이 분류해 놨던 낯선 자료들이 모두 사라져버렸기 때문이다. 다른 서류를 들 춰볼 필요도 없었다. T에게 서류 정리는 할 수 있는 가장 완벽한 일 이라 여겼기 때문이다.

며칠 전 두 피술자에 관한 서류 중 낯설게 느껴진 자료들은 모두 서류 봉투에 담아 마지막 서랍에 넣어두었었다. 그리고 입구를 테 이프로 봉하고 겉엔 유성펜으로 '박련섭 할머니 재검토 서류'라고 썼다. 김옥이 할머니의 자료도 같은 식으로 서랍에 넣어두었다. 그런데 그 마지막 서랍이 텅 빈 상태로 열려 있는 것이다.

T는 PC에 저장된 그간의 최면 영상을 확인했다. 사용자 기록을 보니 다행히 삭제되거나 훼손된 건 없어 보였다. 우선 공리청 서버로 가지고 있던 모든 동영상을 전송했다. 그리고 그전까지는 없었던 비밀번호를 설정해 혹시 모를 타인의 접근을 막았다. 처음 있는 일이었다.

누가 가난한 노인들의 복지정보를 탐내겠느냐는 말이다! 인적 사항이 포함되어 있다지만 절도죄를 감당하기에는 너무 하찮은 정보뿐이었다. 안이했던 자신을 탓해야 할 문제였지만, 꺼끌꺼끌한 허탈감이 들었다. 늘 정보가 공개되지 않도록 주의하라는 지침을 받았지만, 절도에 대비해야 한다는 매뉴얼은 없었다. 최면술사인 자신과 공리청을 공격하려는 의도가 아닌 다음에야 이미 돌아가신 분들의 면담 내용이나 의료 기록을 탐낸다는 건 있을 수 없는 일이었다.

불안한 마음이 일었다. 마침 강 형사에게 카메라 설치를 부탁하고 돌아오는 길에 벌어진 일이었으니 엄청나게 운이 없는 셈이었다. 사무실에 CCTV가 없다는 사실을 잘 알고 있는 누군가가 아주 가까이서 지켜보고 있는 것 같았다. 등골이 오싹해졌다. S802를 지켜보기로 한 첫날부터 역으로 누군가에게 감시당하는 일은 예상치 못했다. T는 강 형사의 말처럼 자신이 너무 예민해져서 과민 반응을 보이는 건 아닐까, 싶었다. 차라리 그랬으면 좋겠다고 생각했다. T는 더 늦기 전에 기억에 남아 있는 사라진 서류의 내용을 수첩에 기록하기로 했다.

'어떤 남자아이의 색 바랜 사진이 있었는데…… 그리고 병원 기록부 같은 것도…… 그렇다! 사망진단서!'

그 사망진단서가 누구의 사망을 확인하는 것이었는지, 왜 그 서류는 T의 자료에 들어왔다가 사라졌는지 기억나지 않았다. 분명 할머니 건 아닐 거라는 어렴풋한 느낌 정도만 남았다. 사망진단서를 포함한 사라진 서류들이 어떤 착각을 불러일으키길 의도했을까? 재검토하면 어떤 사실이 드러났을까? T는 한동안 골똘히 생각하다가, 엄습해오는 피로로 얼마간 깊은 잠에 빠져들었다. 피로가 한꺼번에 몰려온 느낌이었다. T는 퇴근하지 않고 그대로 사무실에서 아침을 맞았다.

S802의 일상은 시계처럼 정확했다. 그리고 늘 그럴 것 같다는 생각마저 들었다. 그래서 S802가 피술자 집으로 들어가면 T도 자신의 피술자를 찾아가 일상적인 복지·최면을 시술하고 돌아올 수 있었다. 시계를 들여다보고 예상된 위치에 가 있으면 S802는 어김

없이 모습을 드러냈다. S802를 통해 T 자신도 시계처럼 일정한 삶을 살고 있었다는 걸 새삼스레 깨달았다. T에겐 빠른 발도 있으니 S802를 놓칠 일은 없었다. S802의 루틴에 어느 정도 확신이 생긴 후엔 T는 그를 감시하면서도 자신의 피술자를 하나도 빼놓지 않고 다 만날 수 있게 되었다. 심지어 일과 후 S802가 학원가에서 아르바이트할 때는 잠시 여유도 생겼다. S802를 감시하기 전에도 없던 여유가.

운전석에서 유라의 일기장에 한참 집중하다가 고개를 드는데 룸미러를 통해 뒷좌석에 던져놨던 정순철 할아버지의 비닐봉지가 눈에 들어왔다. 다 먹은 빈 약병과 캡슐 케이스가 한 다발 들어 있었다. 그런데 캡슐에는 약 수십 알이 그대로 남아 있었다. 마약성 진통제였다.

'약이 남은 걸 모르고 버린 걸까? S802가 의도를 가지고 일부러 버렸을까? 아니면 정순철 할아버지는 마약성 진통제를 점차 줄여 가고 있는 걸까?'

마약성 진통제를 먹으면 진통은 잠시 사라지지만 사는 게 사는 것 같지 않다고 하시는 분들도 있었으니까. 고통스럽더라도 맑은 정신으로 죽음을 맞이하겠다고 하시는 분들은 도대체 어떤 삶을 살아온 걸까? T는 이해할 수 없었지만, 스스로 선택한 것이었으면 좋겠다고 생각했다. T는 할아버지가 약을 다시 찾을 수도 있겠다는 생각에 비닐봉지를 다시 쓰레기통에 넣어두기로 했다.

S802가 딸과 함께 학원에서 나올 무렵, T는 다시 사무실로 돌아가기로 했다. 그런데 그때였다. 공리청으로부터 한 통의 메시지가 도착했다.

더이상 길거리를 방황하지 마세요.
학원가엔 보는 눈이 많습니다.
자세한 얘기는 돌아가서
메일로 확인하시길 바랍니다.

T는 다시 한번 등골이 서늘해졌다. 주위를 둘러보았다. 누군가가 감시하는 게 분명했다. 하지만 공리청에서 최면술사를 감시한다는 얘기는 한 번도 들어보지 못한 일이었다. 그럴 인력도 없을 테고, 그런 정책을 쎄나가 승인할 리도 없었다. 쎄나는 항상 최면술사의 자율성을 해치는 장애물을 없애는 방향으로 정책을 수립했다. 그 반대는 상상도 할 수 없는 일이었다.

T는 박련섭 할머니가 돌아가셨을 때의 공리청의 반응을 떠올렸

다. 외진 꾸리아에 T 레벨 최면술사를 파견한 것부터 유독 이 꾸리아에 공리청이 특별한 관심을 두고 있다는 생각들. 어떤 이유로 이 꾸리아에 T 레벨 최면술사를 파견했고, 공리청이 계속해서 관심을 두고 있다가 업무에서 이탈하는 T를 우연히 목격한 건 아닐까? 분명해 보이는 건 공리청에서 이 작은 꾸리아와 T에게 전에 없던 관심을 보인다는 사실이었다. 그렇다면 공리청의 메시지는 관심이 아니라 감시로 볼 수도 있었다. 사무실로 돌아가려는데 강 형사에게서도 메시지가 도착했다.

사무실에 눈을 놔두고 왔습니다.
지켜보는 눈을 피해 숨길 건 숨기고
드러낼 건 드러냈습니다.
영상은 전에 말씀드린 방법으로
확인할 수 있습니다.

T는 사무실로 돌아가지 않고 사택으로 방향을 틀었다. 이젠 봉수나 강 형사와도 거리를 두는 것이 좋을 것 같았다. 그들에게까지 해를 끼칠 수는 없었다.

사택에 도착하자마자 메일을 확인했다. 공리청, 정확히는 쎄나의 예하 기구인 레지아—발신 마크로 확인할 수 있는—에서 보낸 메일은 더 노골적이었다.

<T164-42ㅎㅅ에게 공리청에서 드리는 권고 사항, 세 가지>
하나, S802에 대한 조사를 멈추시오.
둘, 그동안의 훌륭한 경력을 망치지 마시오.
셋, 공리청의 일은 공리청에 맡기시오.

권고보다는 경고가 분명한 이 메시지는 오히려 T에게 놀라움과 동시에 궁금증을 불러일으켰다. '내가 뭘 하는지 어떻게 알았으며 공리청의 일이란 무엇일까? 게다가 쎄나가 아닌 레지아에서 보낸 메일이라니…… 레지아의 주체는 레지오라고 불리는 최면술사양성소이다. 다시 말해 레지오의 교관이 보낸 것일지도 모른다. …… 왜일까?'

T는 회신으로 궁금증을 쏟아내고 바로 답변도 듣고 싶었지만, 똑같은 답장이 돌아올 것이 분명했다. 이럴 때 T는 무엇을 해야 하는지 알고 있었다.

S802에게선 여전히 이렇다 할 특이점을 찾을 수 없었다. 어쩌면 조심하고 있는지도 모르고, 실제로 아무런 문제가 없을 수도 있었다. 미궁에 남겨지겠지만.

하지만 오늘도 S802의 집 앞에 나온 이유는 공리청의 다음 행동이 궁금해서였다. T 주변에서 벌어지는 일들에 대해 공리청도 대답할 의무가 있었다. T의 동의를 구하지 않았으니까.

노골적으로 S802의 집 앞에 차를 세웠다. 공리청 직원(?)에게 쉽게 발각될 수 있도록 한 것이다. 굳이 차 밖으로 나와 얼굴을 공개하지 않아도 됐지만 나름의 도발로 불만 표시를 확실하게 했다. 이번에도 S802가 피술자의 집에 들어서면, T도 자신의 피술자에게 다녀왔다. 시간도 정확했다. 하지만 S802가 학원가를 끝으로 일과를 마친 후에도 공리청에서는 연락이 없었다. 경고를 무시하고 노골적으로 불만을 드러내 당혹스러울까? 공리청의 반응도 그렇지만 S802의 모습도 T를 혼란스럽게 만들었다. 겨우 며칠을 지켜봤지만 10일, 100일을 지켜봐도 다르지 않을 것 같았다. 물론 누군가의 감시를 염두에 두고 연기한다는 가정을 할 수도 있었지만, 그런 게 통할 T가 아니었다.

T는 오히려 S802가 매일 매일 전력을 다해 살아가고 있다는 느낌을 받았다. 이유는 알 수 없었지만, T 레벨이 될 생각이 없다는

말이 그냥 하는 소리가 아닐 수도 있다고 믿게 됐다. 더구나 퇴직 후 좋은 보수를 받기 위해 무리해서 경력을 쌓을 사람처럼 보이지도 않았다.

그렇다면 사라진 서류와 공리청의 감시는 무엇을 의미하는 걸까? 어둠 속에 있는 사람은 T 자신뿐이었다.

사무실에 들어서자, 천장 위 '눈'이 눈에 들어왔다. 빨간 불이 깜빡거리며 살아 있다는 신호를 보냈다. 메시지나 메일을 확인했지만, 새로운 건 아무것도 없었다. 오늘은 감시하지 않은 걸까? 공리청이 망설이고 있는 걸까? 이유를 알기 힘들었다.

혹시나 해서 마지막 서랍을 열어보았다. 서류는 돌아오지 않았다. 사라진 서류는 적지 않은 분량이었지만, 겨우 기억해낸 건 몇 장의 사진과 사망진단서 정도였다. 그것도 어떤 사진이었으며 누구의 사망진단서였는지는 전혀 기억나지 않았다. 예전엔 종일 피술자를 만나고 다녀도 피곤한 줄 몰랐지만, 요즘의 혼란스러움은 T를 몹시 지치게 했다. 모니터 앞에서 꾸벅꾸벅 졸다가 사택으로 돌아가서 쉬기로 했다. 내심 자리를 비워둬야 새로운 일이 벌어지지 않을까 하는 기대와 호기심이 교차하면서도, 강 형사가 설치한 '눈'이 혹시 노출됐을까 봐 걱정스러웠다. '저렇게밖에 할 수 없었을까?' 어쩌면 지켜보는 눈들이 있었으니 몰래 숨겨서 설치하는 게 불가능했을 수도. 아니면 강 형사의 말처럼 CCTV의 예방 역할을 기대했을지도 몰랐다.

계단을 내려오는데 멀리서 유라가 T를 지켜보고 있다는 걸 느낄 수 있었다. T는 오히려 잘됐다고 생각했다. 유라에게 궁금한 것이 있었다. 아무것도 풀리지 않을 때는 실체와 부딪히는 편이 나을 것 같았다. 건물 현관 앞에 서서 유라를 쳐다봤다. 유라는 그게 무슨 의미인지 금방 알아챘다. 가벼운 카디건을 걸치고는 쪼르르 달려왔다.

"얼마 전 집 앞에서 기다리다 가셨더라고요?"

"네."

"많이 기다리게 해서 미안합니다. 기다리실지 몰랐습니다."

"아니에요. 기다리고 싶어서 기다렸던 거예요. 최면술사님이 멀리서 보였더라면 아마도 도망쳤을 거예요."

"애써 기다렸다가 도망치는 건 또 뭔가요? 숨바꼭질인가요?"

편한 분위기를 만들려던 말에 오히려 유라는 정색하면서 우울한 기분을 드러냈다.

"어디까지 읽으셨어요, 제 일기?"

"거의 다……."

"그러면 이젠 알고 계시겠네요?"

"……."

"사랑을 배신한 건 오히려 저라는 걸요."

그랬다. 배신한 쪽은 유라였다. 하지만 왜 그랬는지에 대해서는 그 두꺼운 일기장 어디에도 쓰여 있지 않았다. 결혼을 약속하고, 살 집을 알아보고, 아기의 이름도 미리 짓고, 서로의 용돈까지 정해 놓았음에도 왜 갑자기 나타난 오래전 친구와 사라진 건지 단 한 줄의 설명도 없었다. 하지만 일기는 그 후의 일을 세세하게 기록했다. 마치 검사가 피고의 죄목을 서류에 빼곡하게 기재한 것처럼. 유라는 배신당한 '그 오빠'가 찾아와 마지막까지 눈물로 호소하고 회유했던 사실까지 덤덤하게 기록했다. 하지만 동거남이나 동거생활에 대해서는 단 한 줄도 쓰지 않았다. T는 이 점이 궁금했다. 그러나 유라에게 묻진 않으리라 생각했다. 대답할 수 있었다면 이미 일기에 밝혔을 테니까. 유라도 그 점에 대해선 입을 닫았다. 그리곤 다른 요청을 해왔다.

"저, 부탁을 바꿔도 괜찮을까요?"

"……어떤?"

"저 되게 뻔뻔하죠? 돈 주고 산 것도 아니면서 막 교환해달라고 하고. 제 일기 거의 다 읽으셨다니까 잘 아실 거예요. 저 되게 뻔뻔한 여자예요. 그쵸? 그런데 T에게 부탁하고 나서 곰곰이 생각해봤어요. 뻔뻔한 것까지는 어쩔 수 없다고 해도 이기적인 년까지는되지 말자. 그건 인간 말종인 거잖아요. 뭐, 뻔뻔한 정도로도 이기적인 년 소릴 들어도 할 말 없는 거지만요. 제 기억만 지우면 편안해질 수 있겠다는 건 도무지 이기적인 생각 아닐까, 싶어요. 왜 나만 편해지겠다고 생각했는지 모르겠어요. 왜 실컷 다른 사람 마음아프게 해놓고 저만 잊겠다고 했는지 모르겠어요. 그래서 드리는말씀인데요…… 그 사람 기억에서도 저를 지울 수는 없을까요? 23번 버스나 사파이어 모텔을 그 사람 기억에서 지울 수는 없을까요?"

T는 어깨를 들썩이며 울고 있는 유라를 한참 동안 그냥 지켜볼수밖에 없었다. T는 손수건을 건네고 유라가 안정되길 다시 기다렸다. 손수건에 늘어진 콧물을 보고 모짜렐라 치즈를 떠올렸다. '이래도 되는 건가? 복지·최면술사가?' 동시에 인생은 멀리서 보면 희극이고 가까이서 보면 비극이라는 말을 떠올렸다. T는 유라에게위로보다는 최면술사가 보는 냉철한 현실을 알려줄 필요가 있다고생각했다. 최면술사는 무당이 아니니까.

"의뢰받지도 동의받지도 않은 최면은 시술할 수 없습니다. 그리고 그분의 치유 능력을 무시하고 싶지도 않습니다. 우리가 얘기하고 있는 건 어디까지나 그분의 몫입니다. 뺨이야 유라 씨가 때렸을지 몰라도 회복은 어디까지나 그분 몫인 셈이죠. 야박하게 들려도 그게 사실이니까요. 유라 씨가 의뢰를 거둘 게 아니라면, 저는 다음번에도 다시마차를 마시고 싶습니다. 그 시간에 사무실에서 뵈었으면 합니다. 전 이만 일이 있어서 가봐야겠습니다. 유라 씨, 그럼 또 뵙겠습니다."

유라는 얼떨결에 손수건을 쥔 손을 흔들었다.

T는 집에 돌아오자마자 노트북으로 영상을 확인했다. 녹화된 영상과 현재의 영상을 사분할 화면으로 동시에 확인할 수 있었다. 방 안에는 T 혼자였던 게 확인됐다. 조금 낙담한 채로 잠자리에 들려고 했는데, 공리청으로부터 메시지가 도착했다.

사무관을 보냈습니다.

만나보시길 바랍니다.

공리청에서 사람을 보낸다는 건 구두 경고의 다음 단계를, T가 충고를 듣지 않았다는 사실을 공리청에서 확인했음을 의미했다.

하지만 오늘도 누군가 지켜보고 있다는 걸 전혀 알아챌 수 없었다.

결과적으로 공리청은 모든 걸 다 알고 있었지만 말이다.

사무관Q

공리청에서 내려보낸 사람은 다름 아닌 사무관Q였다.

사무관Q는 T를 최면의 세계에 입문시킨 장본인이었다. 레지오 시절 담당 교관이었으며, T 레벨로 이끈 사제였으니, T에겐 최면술사 인생의 시작과 끝과 같은 인물이었다. 그리고 오승택에게 T를 적극 추천한 것도 그였다.

산책 중이던 시민들은 T가 공원 벤치에 앉아 있는 Q에게 다가가는 내내 T를 흘깃흘깃 쳐다봤다. T 레벨 최면술사라서 쳐다보는 게 아니었다. 그들은 모두 최면에 들어 있었다. 같은 레벨의 최면술사가 유도한 피술자는 비교적 알아보기 쉬웠다. 일종의 틱 증상이 보였다.

T는 Q로부터 멀어지게 되었던 시기를 떠올렸다. 피술자들을 비인도적으로 도구화하는 경향. 이를 증명할 길도, 특별한 해프닝도 없었지만 그런 걸 느꼈었다. 아마도 Q는 산책하러 나온 시민을 자신을 보호할 방어벽쯤으로 만든 건 아닌가, 싶었다. T 곁을 지나친 시민들은 역할(?)을 다한 박제 인간처럼 그 자리에 굳어버렸다.

"반갑네, T!"

"이런 일로 뵙게 될 줄은 몰랐습니다. 사무관님!"

"이게 어때서? 우리는 보통 이렇게 옛 제자를 만난다네. 그렇지 않으면 얼굴 보기 힘들지. 특히 자네는 더욱더 보고 싶었고. 자네도 알지? 내가 자넬 많이 아낀다는 걸 말이야."

"감사하게 생각하고 있습니다. 그래도 이렇게 좋지 않은 일로 내려오시게 한 건……."

"무슨 소리! 우린 모두 자율적으로 움직이는 사람들이야. 조직이나 규율이 없는 건 아니지만 우린 스스로 국민의 행복을 위해 자발적으로 나선 사람들 아니겠는가? 그러니 길에서 조금 벗어나는 일도 어떻게 보면 자연스러운 거라고. 그래야 우리 활동도, 사고의 반경도 더 넓어지는 것 아니겠는가? 더욱이 자넨 길을 벗어난 게 아니야. 자네는 자유로운 탐사를 나온 것이지 방황하는 차원이 아니란 말일세. 자네가 옳다면 공리청이 이번 기회로 생각의 범위를 넓혀야 한다고 생각하네!"

"사무실로 오시지 않고…… 차라도 대접해드릴 수 있었는데요."

"아니네. 괜히 좁은 동네에 T 레벨 최면술사들이 몰려다니는 건 아무래도 눈에 띄기 쉬울 걸세. 괜히 사람들 입에 오르내리는 건 조심하는 게 좋지 않겠나? 그리고 여기 공원 공기도 상쾌하고 말이야."

"사무관이 되신 지도 벌써 십 년이 훌쩍 넘은 걸로 알고 있는데요?"

"그냥 다 늙어서 별 볼 일 없는 최면술사가 사무직을 겸하는 것뿐이라네. 최면술사는 역시 우릴 필요로 하는 피술자들과 부대끼면서 살아야 해. 그 일만이 우릴 살아 있게 하는 거라고. 난 너무 빨리 일선에서 물러난 걸 후회하네. 내게도 죽음은 전보다 더 가까이 다가와 있는데도 현장에 있을 때보다도 잊고 살게 되었지. 삶의 소중함이 흐려지는 걸 느낀다고 할까? 그래서 그 사실을 문득 깨닫게 될 땐, 한없이 깊은 우울감에 빠져들곤 하지. 자넨 어떤가? 늘 죽음과 삶의 경계를 따라 걷는 생활이?"

"잘 아시잖습니까? 동시에 찬물과 뜨거운 물에 발 담그고 있는 느낌이죠. 피술자가 살아 있을 때 죽음은 내 것이 아닌 것처럼 무심하다가도, 갑자기 돌아가시게 되면 내 죽음인 양 숨 쉴 수조차 없게 되는 것처럼 말이죠. 그러다가 피술자가 그나마 행복하게 돌아가셨다는 생각이 어둠 속 한 줄기 빛처럼 저를 다시 끌어내곤 합니다. 그런 게 무한 반복되는 거죠."

"그래, 그래! 바로 그런 느낌이었어! 예전부터 느끼는 거지만 자네 통찰력은 독특한 구석이 있다니까. 선생이 정답이라고 알려줘도 자신만의 답안을 다시 만들어야 직성이 풀리지. 그래서 좀 투박하고 더디지만, 온전한 결과를 끌어낼 수 있는 그런 통찰이지!"

"과찬이십니다."

공원 안내방송이 스피커를 통해 흘러나오는 동안 잠시 정적이 흘렀다.

"우리 본론으로 들어갈까?"

"네, 좋습니다. 그 전에 저분들부터 물려주시죠."

T가 주변에 굳어진 시민들을 쳐다봤다. Q는 대답 없이 빙긋 웃으며 손짓으로 신호를 보냈다. 군데군데 섞여 있던 Q의 수하들이 시민들을 공원 입구 쪽으로 몰았다. 그들은 제법 날카로운 눈빛을 가지고 있었다. 그리고 처음 보는 손동작으로 최면 상태의 시민들을 리드했다. 마치 처마에서 떨어지는 빗물을 손가락으로 튕기는

듯한 손동작이었다.

'사파.'

멀리 있는 눈빛을 마주하는 것만으로도 목 뒤가 저렸다.

"앞서 얘기했지만, 나는 공리청을 대리해서 왔네. 하지만 자네를 훈계하려고 온 건 아니라는 점을 먼저 말하고 싶네. 그저 공리청의 계획과 일선 최면술사들 간에 어떤 온도 차가 있는지 들어보려고 온 걸세. 필요하다면 내가 그 간극을 좁히려 노력해야겠지. 자네에게도 설명하고 공리청에도 보고해서 우리 공통의 목표를 합당하게 조정할 수 있다면, 내 역할은 거기까지라 생각하네. 자, 나에게 얘기를 들려줄 수 있겠나? 어떤 이유로 공리청의 충고를 거절하게 된 것인지?"

T는 잠시 생각을 정리했다.

"그전에 묻고 싶은 것이 있습니다. 제가 담당하는 꾸리아에 제가 모르는 공리청의 계획이 추진되는 건 있을 수 없는 일이 아닙니까?"

"원칙적으로는, 그렇다네."

사무관Q의 대답에는 조금의 망설임도 없었다.

"그렇다면 제 입장은 간단합니다. 제가 동의한 적 없는 공리청의 호흡이 제 주변에서 느껴진다는 겁니다. 사무관님께서 얼마나 알고 계시는지는 모르겠습니다. 하지만 지금 이 작은 꾸리아에 알 수 없는 일들이 벌어지고 있는 건 분명해 보입니다. 제가 이곳으로 파견 나온 것부터, 두 분 피술자의 죽음에 석연치 않은 점들이 보인다는 점도 그렇습니다. 게다가 제 사무실에 누군가 서류를 가져다 놨다가 다시 가져가는 일도 있었습니다. 의도가 있는 게 분명해 보이지만 그게 무엇인지는 알 수 없었습니다. 공리청에서도 이 꾸리아에 지대한 관심을 보이지 않습니까? 우연인지는 몰라도 공리청에선 절 감시하고 있다고 생각합니다."

"그건 내가 확실히 말할 수 있네. 너무 뻔한 답변이라고 생각할 수도 있겠지만, 그건 오해네. 자네도 잘 알겠지만, 우리 공리청 내에 구성원 감시를 기획하고 승인할 시스템이 존재한다는 건 좀 무리라고 생각하지 않나?"

"그 점에는 동의합니다. 하지만 제가 S802의 주변을 맴돌았다는 걸 공리청에서도 알 수 있는 채널은 감시밖에 없습니다. 설명해주실 수 있을까요?"

이번엔 사무관Q가 잠시 생각을 정리했다.

"어떻게 들릴지 모르겠지만, 그건 정말 우연일세. 공리청에선 이 지역, 이 꾸리아를 샘플로 현재 우리의 복지·최면을 전면 재검토하고 있다네. 이 꾸리아에겐 특별한 일일 수 있지만 공리청의 입장에서는 10년 주기로 하는 정례적 업무일 뿐이지. 다만 자네가 이 계획과는 별개로 이 꾸리아에 부임했다는 점이 특별하다면 특별한 일이었네. 자네 발령은 이 지역의 지속적인 요청 때문이었다고 봐야 할 걸세. 이 작은 꾸리아에도 실력 좋은 최면술사가 필요하지 않겠느냐는 집요한 설득에 넘어간 거라고 봐야겠지. 자네의 배속과는 별개로 우린 이 꾸리아에서 피술자들과 그동안 복지·최면을 시술했던 최면술사들의 일상을 살펴보고 있었다네. 감시와는 다른 것이지.

자네도 짐작하겠지만 초창기보다는 요즘 피술자들이 최면에 더 부정적인 태도를 보인다는 우려스러운 분위기가 보고되고 있다네. S802의 보고에 의하면 박련섬 할머니도 우리 복지·최면을 전혀 신뢰하지 않았었지. 우린 그 문제가 피술자 개인의 문제일 수도 있지만, 최면술사들의 면면과도 관련이 있지 않을까 궁금했던 거고. S802가 매우 성실한 최면술사라는 건 자네도 동의할 거라 생각하네. 우리가 한동안 S802를 지켜봤다는 걸 인정하네. 하지만 감시는 아니었어. 샘플로 최면술사 한 사람을 지켜보자는 쎄나의 결정이 있었고, 그에 따라 우리 복지·최면이 개선해야 할 점들은 받아들이되 해당 최면술사에겐 절대 불이익을 주진 말자고 결정한 거였지. S802에게는 비밀로 했지만, 부인에게는 분명한 동의를 받았다네. 남편에 대한 신뢰가 대단했다는 점도 공리청이 결정을 확신하게 된 이유였지."

T는 뜻밖의 대답을 듣게 되었지만, 앞뒤 맥락을 이해할 수 있어 다행이라 생각했다.

"그래서 뭔가 얻어낸 것이 있었나요?"

"그렇다네. S802의 행복관이 공리청의 것과 약간의 차이가 있었던 거야. 그는 가정의 행복이 최우선이라고 생각한다네. 물론 어떻게 보면 아주 이상적이지. 하지만 문제는 우리가 대상으로 하는 피술자들이 가정 내에서 행복을 찾기엔 이미 너무 늦은 분들이라는 거야. 복지·최면이 처음 발의된 동기를 생각해보면 알 수 있을 거야. 피술자 인생 전체에서 마지막만 집중적으로 돌보는 게 그나마 가장 효율적이면서 인도적인 복지라는 게 우리 입장 아닌가? 물론 인생 전체를 행복한 순간으로 만들고 싶은 마음이야 잘 알지. 하지만 그런 실현 불가능한 목표를 복지로 채울 수는 없다는 것도 부인하진 못할 거야. 이미 이런 논쟁은 예전에 끝난 것이지만 S802는 다소 가볍게 생각한 것 아닌가 싶네. 여전히 말라비틀어진 화분에 물을 주거나, 피술자가 버려달란다고 진통제를 버리지 않나 말이야. 일부에선 S802가 방임의 소지가 있다고 보는 견해도 있네. 열심히 일하는 건 잘 알지만, 효용이 없는 일을 반복한다고 보는 게 맞는 표현이겠지."

"박련섬 할머니에 대해서도 공리청이 알고 있는 게 있을까요?"

"그게, 공식적인 것이 아니라서…… 그래도 괜찮겠나? 내 개인적 생각이 좀 포함될 수 있는데?"

"물론입니다."

"이 지역을 샘플로 선택하게 된 이유 중 하나가 바로 박련섬 할머니 때문일세. 복지·최면에 대한 불신이 특별히 컸거든. 믿음이 없었다고 해야 할까? 어쨌든 우린 그 이유를 알아보고 싶었네. 우린 S802의 보고서도 참고하고, 공리청에서 직원을 파견해 직접 여쭤보기도 했다네. 자네도 알다시피 공리청 정보망은 촘촘하기로 정평이 나 있잖은가? ……박련섬 할머니는 몇 가지 이유가 중복된 경우였지.

우선 우리 복지·최면은 죽음을 받아들일 준비가 된 분들에게 필요한 것인데, 박련섬 할머니에게 죽음은 절대 용납되지 않는 것이었다고나 해야 할까?

죽음이 감히 할머니의 곁으로 다가설 수 없을 정도로 견고한 의지를 갖고 계셨다고 해야 할지도 모르겠네. 알고 있는지 모르겠지만 할머니는 젊은 시절에 아이를 가지신 적이 있었다네."

"짐작하고 있었습니다."

"……할머니는 젊은 시절 놓쳐버린 그 아이를 다시 만나는 날,

모든 걸 용서받고 싶으셨던 것 같아. 그래서 할아버지가 보듬은 금봉수 그 친구도 쉽게 양아들로 인정하지 않으셨던 걸 거야. 금봉수를 싫어했던 건 아니었다고 생각하네. 다만 친자식이 돌아오면 서운해할까 봐 마지막까지 미뤘던 거지. 그런데 사실 아기는 태어나서 며칠 견디지 못하고 죽고 말았다네. 아픈 할머니에겐 한동안 말하지 못하고 할아버지 혼자 아기를 보내야만 했지. 당시 할머니는 출산과 동시에 중한 병을 앓고 계셨거든. 옆에서는 다들 깨어나지 못할 거라고 했다더군. 그렇게 할머니는 평생 마음의 빚을 가지고 사셨던 거야. 그런데 문제는 할아버지가 돌아가시고 나서 벌어진 거야. 최득구라는 친구는 알고 있나?"

"네."

"그 친구가 어떤 사진을 조작해 사진 속 아이를 당신 자식이라고 속였던 거야. 물론 돈을 얻어내기 위해 거짓말한 거였지. 할머니는 남편을 닮은 아이 사진을 보고 쉽게 속고 말았다네. 핏덩이를 잃었다는 할아버지 말씀을 끝내 믿고 싶지 않던 참에 사악한 뱀의 혓바닥이 다가온 셈이지. 최득구 그 친구 한 발 더 나가서 어떤 거짓말을 했냐 하면, 아이가 형편 좋은 해외로 입양을 갔다고 한 거야. 그런데 최근 양부모들이 모두 죽고 가세가 기울어 도움이 필요하다고 한 거지. 그렇게 할머니 돈을 뜯어낼 심사였던 거라고."

"성공했나요?"

"처음 얼마간은 그랬지. 그런데 자꾸 돈만 달라고 하고 아이는 만나게 해주지 않으니까 의심하셨던 거 같아. 그래서 S802한테 부탁하셨던 거야. 사진을 보여주면서 알아봐달라고."

"아마, 저한테도 그러셨던 건……."

T는 기억인지 만들어낸 상상인지 모를 그림이 제자리에 걸려 있는 걸 본 기분이었다.

"아마도 무의식에 반복되는 게 아닐까, 싶네. S802가 알아보니 아이는 예전에 사망한 것이 분명했네. 당시 아기가 입원했던 병원에 가서 직접 확인한 사실이니까. 아마도 자네가 낯설다고 했던 그 서류들이 바로 S802가 조사해서 자네에게 인계했던 자료라 그런 게 아닐까, 싶네만. 워낙 많은 양이기도 하고, 어딘가에 끼어 있다가 나왔을 수도 있으니까, 말이야.

그런데 아기의 사망진단서엔 담당 의사 서명 아래로 할아버지의 서명 대신 최득구의 서명이 있더라는 거지. 아마도 당시에 할아버지가 할머니 곁을 떠날 수 없었기 때문은 아닐까, 싶네. 분명한 건 이걸로 보더라도 최득구는 아기 일을 다 알고 있었던 거야. S802는 그 사실을 박련섭 할머니께 알렸지만 믿으려 하지 않았다고 하네. 그 마음은 충분히 이해가 가는 것 아니겠는가? 최득구에게 더이상 돈을 주지는 않았지만, 그렇다고 아이의 존재를 부정하는 것도 쉬운 일은 아니었을 거니까. 뭐랄까, S802는 할머니께서 경계인이 돼버린 느낌이라고 표현했네. 최면에 걸린 것도 아니고, 그렇지 않은 것도 아닌 그 중간의 마음. 그래서 우린 할머니의 죽음을 두고 여러 가지로 생각해봤네. 온전히 최면에 들었지만, 스스로 육교에 올라 몸을 던지는 방법으로 스스로 해결하려는 마음이 끼어든 건 아니었을까? 물론 처음 보는 경우지. 그래서 공리청도 내부적으론 박 할머니 사례를 어떻게 다뤄야 할지 결론 내리지 못하고 있다네."

T는 할머니를 괴롭힌 공허함을 느낄 수 있었다. 모든 걸 잃어버렸다고 생각하고 살다가 그것을 천운으로 한 번에 돌려받는가 싶더니 다시 빼앗긴 그 마음을. 할머니가 삶과 죽음의 경계에서 고통스럽게 살아오셨을 것을 생각하니 가슴이 메어왔다.

"공리청에서 알고 있는 정황은 이 정도일세."

"김옥이 할머니의 사망에는 별다른 특이점이 없습니까?"

"우리가 아는 바로는 그렇다네. 돌아가신 날 새벽이 다른 날보다 유난히 더 추웠네. 모처럼 호사를 누리자면서 전열기를 켰던 게 사고로 이어지지 않았을까, 싶네. 너무 묵혀놨던 기구들이라 먼지가 끼어 있던 걸 몰랐을 수 있으니까."

"그러면 제 서류는 어디로 사라졌을까요?"

그 말에 사무관Q는 난처한 표정을 지으며 어깨만 으쓱했다.

"하하하. 공리청을 무슨 빅 브라더* 쯤으로 여기는 건 아닌가, 자네?"

오랜만에 만난 옛 스승에게 내 서류 찾아내라는 꼴이 된 것 같아서 T는 얼굴이 붉어졌다. 화제를 돌리고 싶었다.

"그러면 저에게 이런 상황에 대해 미리 알려주지 않은 이유는 뭔가요?"

"그건 바로 S802 때문이라네. 동료 아닌가? 배려받아야 한다고 생각했네. 우리 시스템을 점검하기 위해 박련섬 할머니의 케이스를 관찰하긴 했지만, 지켜보고 있다는 걸 알게 되면 의도가 오해받을 여지가 있었지. 자네도 그 상황을 의식하게 되었을 테고. 그래서 아무에게도 알리지 않고 조용히 마무리 지으려 했던 거네. 물론 그 점은 지금 후회하고 있네. 자네가 알아챌 줄은 몰랐던 거지. 그래서 여기까지 오게 된 거라네."

---

* 빅 브라더(Big Brother) 조지 오웰의 소설 《1984》에 나오는 가공의 인물. 전제주의 국가 오세아니아(Oceania)를 통치하는 수수께끼의 독재자로 "빅 브라더가 당신을 보고 계시다(Big Brother is watching you.)"라는 프로파간다 문구를 통해 대중 감시의 사실을 끊임없이 상기시킨다.

"그렇군요."

"자네 서류의 행방을 제외하고는 대부분 설명된 거 같은데?"

"그런 셈입니다. 서류는 제가 찾아보도록 하겠습니다. 그런데 개인적인 생각이란 어느 대목이었습니까?"

"……아직 얘기하지 않았다네. 지금까지는 공식적인 입장만을 얘기한 거지."

"그러면 무슨?"

"지금껏 우리들은 피술자들의 삶에 매우 가까이 다가설 수 있었지. 많은 최면술사의 노력도 있었고, 조직도 효율적으로 관리된 덕분일 거야. 그런데도 우린 여전히 당신의 삶이 그런대로 괜찮은 삶이었어요, 하는 암시 정도나 읊고 있더란 말이지. 그런데 말이야, 박련섬 할머니의 경우를 보니 우린 더 행복한 삶을 만들어낼 수 있다는 사실을 스스로 망각하고 있었던 건 아닐까, 생각하게 되더군.

할머니의 삶 마지막 자락을 더 바람직하게 지켜드릴 수 있었는데도 우린 직무 유기를 한 게 아닌가 싶더란 말이야. 자네는 물론 잘해주었어. 그 점은 너무 대견하고 자랑스럽네. 그런데 문제는 우리 조직에 있었던 거야. 너무 소극적이고 방관적인 태도를 고수했던 건 아니었을까, 하는 거지. 우리의 특수성을 바탕으로 최득구를 박 할머니에게서 일찌감치 떼어놓을 수 있었다면 상황은 많이 달라졌으리라 생각하거든. 자네는 잘 모를 거야. 하루에도 수백, 수천 건 보고되는 내용을 보자면 박 할머니의 경우는 아주 보편적인 편에 속한다네. 반인륜적이고 패륜적인 수많은 케이스가 우리에게 도움의 손길을 내밀고 있네. 그런데 우린 여전히 끝이 좋으면 다 좋습니다, *알레스 구트* 하는 세월 좋은 얘기만 하는 셈이고.

나는 우리가 더 적극적으로 피술자의 삶에 뛰어들어 일을 처리하는 쪽으로 조직이 변해야 한다는 입장이라네. 이 지역에서 관찰된 케이스가 그 필요성을 보여준다고 믿고 있네."

"……."

"자네 생각을 묻기엔 시간이 필요할까? 뭐, 급할 것도 없으니까 아직 대답하지 않아도 좋네. 자네 입장이란 게 있으니까. 어쨌든 내가 내려와서 자네의 궁금증에 답이 되었는지 모르겠네. 어떤가?"

"충분히 답이 되었습니다. S802는 그러면 어떻게 됩니까? 임무를 더이상 맡을 수 없게 되나요?"

"그럴 리가 있나! 그렇지 않네. 사실 쎄나도 S802가 어떤 큰 실수를 했더라도 그에게 책임을 묻지 않는다는 전제를 세워뒀지. 아내에게 약속도 했고. 사실 실수도 없었다네. 다만 그가 만난 피술자들과 S802의 조합이 좋지 않았다고 생각하는 정도지. 결정은 쎄나에서 하겠지만, 나는 공리청에 S802가 근무지를 옮길 수 있도록 보고할 생각이네."

"좌천, 되는 건가요?"

"그 반대일세. S802는 전부터 다른 임지를 원하고 있었거든. 자녀들의 교육을 위해서라도 대도시로 나가고 싶어 했네. 나는 그가 원하는 곳으로 갔으면 하네."

"아내 되시는 분이나 자녀들 학교까지 살피려면 시간이 좀 걸리겠네요?"

"아닐세. 그런 부분도 이미 다 준비되었고, 그보다 한 발 더 많이 준비됐다고 봐야겠지."

"벌써요? 그럼 이미 움직이기 전에 결정된 건가요?"

"결정만 남았다네. 내가 내려온 이상 되도록 많은 문제가 해결되는 걸 보고 올라가려고 하네. 쓰레기도 좀 치우고 말이야. 결정만 떨어지면 당장이라도 S802는 새로운 임지로 가게 될 걸세."

"그 문제란 것에 저도 포함되나요?"

"자네는 '문제'가 아니고 '기대'라고 생각하는데…… 자네에겐 큰 결단의 문제가 기다리고 있다는 정도만 알아주었으면 하네. 그 전에 자네에게 큰 도움이 될 누군가가 생길 거란 얘기만 미리 알려주겠네. 나도 조력자 중 한 사람으로 생각해줬으면 고맙고.

그럼, 오늘은 이만 헤어져야겠군! 만날 사람들이 더 있거든. 또

보세. 시간 내줘서 고맙네."

사무관Q는 공원을 천천히 벗어났다. 공원 한편에서 Q를 기다리던 무리가 T를 응시했다. T도 피하지 않고 무리를 바라봤다. Q가 무리로 다가가자, 그들은 Q를 에워싼 채 천천히 사라졌다. Q의 날카롭고 강인한 인상은 예전보다 옅어졌지만, 걸음걸이에선 여전한 강단이 느껴졌다.

누군가 햇빛을 등지고 건물 밖으로 천천히 걸어 나왔다. 가죽 가방에 작은 화분이 든 박스 하나를 더 들고 있는 걸 보면 S802가 분명했다. 너무나 신속한 결정과 이행이라 놀라웠지만 사무관Q가 집행하는 일이기에 이해하지 못할 것도 아니었다. Q의 설명을 듣지 않았다면 좌천되는 모양새로 비추어졌을지도 몰랐다. 개인 사무실이 있는 층에서 파티션 책상이 있는 층으로, 다시 타 지역 꾸리아로 배속되었으니 말이다. 하지만 S802의 입가엔 산뜻한 미소가 선명했다. 늘 죽음을 마주하는 최면술사에게는 어울리지 않는 밝은 미소였다. S802에겐 피술자는 물론이고 심지어 죽음조차도 최선을 다해야 하는 고객이 아니었을까? 그에겐 가족만이 궁극의 복지 대상이었을 테니까. 아이들 교육에 도움이 되는 곳으로 가게 되어 행복해 보였다. 그는 멀리서 T를 알아보고 가벼운 인사를 건

넀다. T 역시 그에 답했다. 그러려고 건물 앞에서 기다리고 있었던 거니까. 며칠 동안 그를 의심하고 뒤를 밟았던 일들을 사과하지 못해 배웅으로 대신하고 싶었다.

S802의 사무실엔 뜻밖에도 사무관Q가 서성거렸다. 빈자리에서 Q는 깊은 생각에 잠겨 있었다. T의 인기척에 Q가 고개를 들었다.

"어, 왔어? 생각보다 결정이 빨리 났지? S802는 벌써 다음 임지로 떠났다네."

"앞에서 봤습니다. 너무 빨리 떠나게 돼서 인사도 제대로 못 했습니다."

"우물쭈물할 필요 뭐 있겠어? 빨리 자리를 잡는 게 더 중요하지. 그리고 또 다른 결정도 있었네."

"……."

"새로운 최면술사들이 임명될 예정이네. 그 중엔 자네가 보면 반가워할 만한 사람도 있지."

"금봉수, 그 친굽니까?"

"그래. 이번에 입소식 치르고 양성소에서 교육받고 나오면 우선 S802의 꾸리아를 이어받게 할 거네."

"저에게 도움이 될 조력자라고 한 건 봉수 씨를 두고 하신 말씀이셨군요?"

"그럴 수도 있고 아닐 수도 있다네. 자네가 우리 제안을 어떻게 생각하느냐에 따라 누가 조력자가 될지도 달라지는 거니까."

"제안이요?"

"그래, 제안. 난 자네가 레지오의 교관이 되길 바라네. 자네가 승낙한다면 쎄나에 추천할 생각이야. 그리고 교관직을 승낙한다면 개인적으로는 우리 공리청이 피술자들에게 더욱더 가까이 다가가 그들의 삶에 적극적으로 개입하려는 움직임에도 찬성한다곤 간주하겠네. 그 점도 고려해서 대답해주면 고맙겠네."

"저를 추천해주신다니 참 고맙기는 한데…… 제 다리가 불편하다는 것도 알고 계시나요? Q가 되기엔 큰 결함이 아닌지……."

"글쎄, 처음 듣는 얘기지만 문제될 것 없다고 생각하네만. 자네 생각은 어떤가? 자네가 복지·최면을 시술하는데, 어떤 불편함이라도 있던가? 혹은 그 어떤 부족함이라도? 나는 그렇게 보지 않네. 삶의 마지막을 함께 얘기하고 삶을 돌아보게 하는 사람에게 다리가 좀 불편한 것이 무슨 큰 흠이 되겠나? 지금껏 공리청은 최면술사의 사소한 결점이 피술자들에게 안 좋은 영향을 줄 수 있다고 생각해 왔던 게 사실이네. 하지만 현장에서 피술자들이 어디 그런 거에 눈길이나 주던가? 나는 아무런 문제도 없다고 보는데. 공리청도 그런 기준들을 차차 바꿔나가야 하고."

"고맙습니다. 그런데 그, 적극적으로 삶에 개입한다는 건 구체적으로 뭘 말씀하시는 건가요? 이미 피술자들의 삶에 충분히 다가서지 않았나요? 혹시 *알레스 구트* 외에 다른 복지가 필요하다고 생각하시는 겁니까?"

"아, 설명하기 좀 어렵네. 지금 이대로는 말이야. 곧 기회가 있을 거네. 그땐 충분히 설명할 수 있으리라 믿네. 그보다 이번 신입 최면술사 입학식에 금봉수의 보호자 자격으로 함께 올 수 있겠나? 이번 입학식은 특별히 이 근처에서 하기로 했거든. 이 꾸리아는 여러모로 특별한 곳이니까. 후배들에겐 롤모델이 되는 선배가 지켜보는 입소식이 된다면 얼마나 좋겠나!"

T는 얼마 후 봉수에게서 한 통의 전화를 받았고 합격 소식을 직접 들을 수 있었다. T는 진심으로 축하했다. 돌아가신 할머니와 할아버지도 기뻐하실 거라며 봉수는 울먹거렸다. 그러더니 갑자기 할머니는 폐지가 가득 찬 리어카와 어느 쪽을 더 좋아할까 궁금해했다. T는 자신이 보증한다며 봉수를 다독였다. 봉수가 전화를 끊지 못하고 머뭇거리자, T는 입소식에 보호자 자격으로 함께 갔으면 좋겠다고 먼저 말을 꺼냈다. 봉수는 든든한 후원자가 생긴 것처

럼 기뻐했다. 그렇게 T는 봉수의 후견인이 되었다.

늦은 시간, 강 형사가 T의 사택을 찾았다. 최득구가 박련섬 할머니 사망 사건에서 무혐의를 받았다는 메시지로부터 대여섯 시간 만이었다. 다른 여러 혐의에 대해선 유죄를 받았지만, 살해 혐의만큼은 증거가 부족하다고 판단한 모양이었다. 강 형사에게서 진한 술 냄새가 풍겨왔다. 허무해서 마셨다고 했지만, 그간의 수사로 윗사람들에게 질책받은 것 같았다. 그러면서도 여전히 박 할머니의 죽음엔 강한 의심이 남는다고 하소연했다. T는 강 형사의 육감에 감탄했다. 오랜 경험과 합리적인 추론 능력이 몸에 밴 덕분이라 생각했다. 그러나 알고 있는 자세한 얘기를 할 수는 없었다. 강 형사는 자신이 속한 세계에선 물증도 심증도 할머니의 죽음을 사고사라고 결정했지만, 최면술사들의 범주에서는 꼭 그렇지 않은 것 아니냐며 따지듯 물었다.

"무슨 뜻으로……?"

"S802가 갑자기 전근 가게 되어서 드리는 말씀입니다. 혹시 공리청에선 이번 일로 뭔가 질책을 하는 게 아닌가 싶어서요. 저희는 알 수 없는 그런……."

"아, 아닙니다. 그 반대예요. S802는 희망하는 임지로 가게 된 겁니다."

"그래요? 이상하네……."

"왜요?"

"이제 겨우 S802 따님이 그렇게 가고 싶어 하던 학원에 들어갈 수 있게 되었는데, 갑자기 임지를 옮기게 됐다고 해서 문책성 발령이 아닌가 싶었죠."

"아이가 원했었다고요?"

"네. 학원 분들에게 들을 얘기예요. 그 봉급으론 어림도 없었는데 학원에서 집중력 암시를 할 수 있게 해줘서 큰딸이 음악 수업을 들을 수 있게 되었다고."

T는 잠시 혼란스러웠다. 그때 S802의 기뻐하던 모습은 어떻게 된 거지? 새 부임지에 더 좋은 여건이 갖춰진 걸까?

레지오 강당은 신입 최면술사들과 가족들로 붐볐다. 신입 최면술사들은 입소식을 마친 후 가족들과 식사 시간을 가진다. 그리고 다음 날부터 6개월 동안의 긴 합숙 생활을 위해 양성소에 입소하게 된다.

강 형사도 시간을 내어 봉수의 입소식에 참관했다. 수사 덕분에 가까워진 탓도 있었지만, 강 형사도 봉수처럼 고아였기에 그 쓸쓸함을 누구보다 잘 알고 있었다. 셋이 가족처럼 생글거릴 때 사무관 Q는 레지오 소장 자리에 앉아 있다가, T 일행을 알아보고 잰걸음으로 다가왔다.

"봉수 군, 축하하네! 그리고 모두 와주셔서 감사합니다."

사무관Q는 봉수를 축하했고, T와 강 형사에게도 감사를 표했다.

"사무관님, 영광입니다."

봉수는 들떠 있었다. 주변에서 사무관Q를 선망의 눈빛으로 힐끔거리는 신입들과 가족들이 있었다.

"T, 자네도 감회가 새롭지?"

"저는 아직도 늘 졸업식 다음 날 같습니다. 그때로부터 별로 나아지지 않았죠."

"겸손도 지나치면 듣는 사람들이 불편하다네. 레지오 최고의 학생을 가르쳤다고 자부심을 가진 우리 교관들 생각도 해줘야지. 그리고…… 내 질문에 대한 대답은, 시간이 더 필요하겠지?"

"아마도……."

옆에서는 봉수와 강 형사가 눈알만 굴리고 있었다.

"아직 시간은 좀 있다네. 입소식은 자네 때와는 달리 크게 간소화됐지. 어차피 입소하면 매일 들을 얘길 입소식에서까지 들을 필요는 없다고 판단했거든.

끝까지 남아서 후배들 격려해주길 부탁하네. 오랜만에 규율 복창하는 것도 재미있을 거야. 그럼, 먼저 가네!"

봉수와 강 형사도 사무관Q와 인사를 나눴다. 돌아간 사무관Q 쪽에서 예닐곱 정도의 교관들이 T를 향해 손을 흔들었다. T는 허리 숙여 답했다.

강 형사는 가족석으로 자리를 옮겼고, T는 신입 최면술사들의 맨 뒤에 서서 참관했다. 30여 분의 입소식 일정이 끝나고, 신입 최면술사들만이 강당에 남겨졌다. 전통으로 내려오는 최면술사들만의 비공개 선언식이 있을 예정이었다. 하객들이 빠져나와 강당 로비에 마련된 다과를 즐기는 동안 강당 문이 닫히고 암막이 드리워졌다.

'내 입소식 때에도 이랬나?'

T는 자신의 입소식을 떠올려보려 애썼지만, 아무런 기억도 떠오르지 않았다. 십여 년이 훌쩍 지난 탓도 있겠지만, 예나 지금이나 형식적인 것들은 별로 기억에 남지 않았다.

사무관Q가 소장 자격으로 연단 위에 올랐다. 그 옆으로 교관들이 줄지어 섰다.

"레지오 개소 이후로 줄곧 시행한 의식입니다. 전통인 셈이죠. 책임과 의무를 가슴 깊이 새기고자 소명을 복명복창하는 것입니다. 우리 소명은 가슴에 새기는 것이지 머리로 기억하는 것이 아닙니다. 본 교관을 따라서 여러분들도 복명복창하시기를 바랍니다."

사무관Q는 두 팔을 안테나처럼 하늘로 뻗었다.

"알레스 구트는 누구나 행복할 수 있는 권리를 부여한다!"

"알레스 구트는 누구나 행복할 수 있는 권리를 부여한다!"

앞줄 교관들이 박자에 맞춰 발을 굴러 신입 최면술사들이 따라 하도록 유도했다. 신입 최면술사들도 모두 복명복창하며 박자에 맞춰 발을 굴렀다. 그때 T의 나무로 만든 신발 깔창이 부러졌다.

"우린 모두 자신의 육체와 정신을 다스리는 왕이다!"

"우린 모두 자신의 육체와 정신을 다스리는 왕이다!"

"최대 다수의 최대 행복!"

"최대 다수의 최대 행복!"

T는 더이상 발을 구를 수 없었다. 깨진 나무 깔창이 발바닥을 찔러왔기 때문이다. 어쩔 수 없이 신발 안에서 깔창을 빼내 주머니에 넣었다. 그리고 발 구르는 시늉만 했다. 신입 최면술사들은 어느새 의식에 몰두해 있었다. 봉수도 표정 변화 없이 복명복창에 열중했다. T는 자꾸 허리가 욱신거렸다.

"끝이 좋으면 모든 것이 좋다. 안데 구트, 알레스 구트!"

"끝이 좋으면 모든 것이 좋다. 안데 구트, 알레스 구트!"

강당은 일체화된 발 구르는 소리와 구호 소리로 가득했다.

"우리는 피술자의 고통을 제거하고 쾌락을 증진한다!"

"우리는 피술자의 고통을 제거하고 쾌락을 증진한다!"

"사는 것이 고통이면 *알레스 구트*를 허락한다!"

"사는 것이 고통이면 *알레스 구트*를 허락한다!"

'뭐, 뭐라고?!'

T는 순간 망치로 머리를 얻어맞은 듯한 큰 충격을 받았다. 잘못 들은 건가 하고 귀를 쫑긋 세웠지만 그렇지 않았다. 누구나 이상하게 생각할 법도 했지만, 모든 사람이 사무관Q만 바라볼 뿐이었다. 사무관Q는 여전히 두 팔을 벌린 채 좌중을 향해 복명복창을 유도했다.

'사는 것이 고통이면 *알레스 구트*를 허락한다고? 그렇다면 더이상 행복할 수 없는 고통스러운 인생이라면 자살이라도 권할 수 있다는 말인가?'

T는 머릿속에서 갑자기 여러 섬광이 번쩍이는 걸 느꼈다. 그건 기억의 파편들이었다. 아주 오래된 것에서부터 최근의 기억까지 여러 조각이 한데 섞여 있었다. 전혀 경험해보지 못한 조작된 기억들처럼 낯설기만 한 것뿐이었다.

한참을 골몰하던 T가 자기 자신과 정면으로 마주 섰다. 갑자기

심한 구토감이 몰려왔다. 참을 수 없었다. T는 자리를 박차고 나갔다. 암막을 젖히고 닫힌 문을 열었다. 그대로 화장실로 달려가 밑에서부터 올라오는 역한 것들을 모두 토해냈다. 강 형사가 그런 T를 부축했다.

"아니, 무슨 일이세요?"

"속이 좀 많이 안 좋습니다. 먼저 가봐야 할 것 같습니다. 봉수를 좀 부탁드립니다."

"알겠습니다. 연락드리겠습니다."

T는 택시를 타고 사택으로 가는 도중에 방향을 바꿔 사무실로 향했다. 갑자기 확인하고 싶은 게 떠올랐다.

사무실에선 바로 PC를 켜고 강 형사가 설치한 CCTV의 영상을 찾았다. 이미 봤던 영상이지만 다시 한번 확인하고 싶었다.

T가 빠르게 영상을 재생했다. 사무실에 들어왔던 사람은 아무도 없었다. 그런데 눈이 가는 장면이 있었다. 자신이 엎드려 있다가 다시 일어나 PC를 켜고 뭔가를 더 작업하는 대목이었다. 등 뒤 천장에서 찍은 영상이라서 얼굴은 보이지 않지만 뭔가 이상했다. 부팅을 기다리는 모습이라든지 뻐근한 어깨를 만지는 동작도 모두 낯설게 느껴졌다. 강 형사에게 전화를 걸었다.

"강 형사님, 혹시 입소식은 모두 끝났나요?"

「네, 모두 끝났습니다. 봉수나 사무관님 모두 T는 어떻게 된 거냐며 걱정했습니다. 그래서 제가 속이 좀 안 좋으신 것 같다고, 잘 말씀드렸습니다.」

"고맙습니다. 식사는 어떻게 하실 건가요?"

「제가 식사를 좀 사주고 싶었는데, 오늘만큼은 할머니 댁에 가서 기쁜 소식을 전하고 싶다고 해서요. 그래서 봉수는 할머니 댁으로 갔습니다. 아, 그리고 맥아더는 당분간 제가 맡기로 했습니다. 제 딸이 아주 좋아할 겁니다.」

"여러모로 감사합니다. 그런데 뭣 좀 여쭤볼 게 있습니다."

「뭔데요?」

"혹시 전에 설치하셨던 CCTV 영상 있죠? 그것 좀 확대해볼 수 있을까요?"

「확대요? 물론 할 수는 있지만, 해상도 때문에 잘 알아보기 힘들 걸요?」

"그래요?"

「제가 숨겨둔 영상은 확인해보셨나요? 그건 좀 가까운 곳에서 촬영됐을 텐데요?」

"숨겨요?"

「아, 제가 말씀드리지 않았나요? 누군가 지켜보는 사람이 있는 것 같다고 하셔서 드러낼 것과 숨길 것, 두 개를 설치했다고…….」

그때 떠올랐다. 강 형사의 메시지에 담긴 의미를. '숨길 건 숨기고 드러낼 건 드러냈습니다.'

"그래요? 그건 어떻게 확인할 수 있나요?"

「아이디와 패스워드 뒤에 모두 '2'를 붙여 입력하면 숨겨둔 카메라 영상을 확인할 수 있습니다. 카메라는 연필꽂이에 꽂아두었고요.」

그러고 보니 연필꽂이에는 처음 본 볼펜이 하나 꽂혀 있었다. 볼펜 렌즈는 화각이 넓은 편이었으며, T의 바로 옆에서 책상 위를 두루 화면에 잡을 수 있도록 배치되어 있었다. 특히 T의 얼굴과 모니터를 세세하게 확인할 수 있을 정도로 선명하게 녹화되었다.

영상을 확인하는 동안 T는 벌어진 입을 다물 수 없었다. 영상 속의 T는 자신이 분명했지만, 표정만큼은 너무 낯설었기 때문이다. 게다가 이따금 T는 얼굴을 심하게 찡그렸다. 심장이 두근거렸다. '어쩌면…….' T의 시선을 끄는 또 다른 장면이 뒤를 이었다. 바로 자신이 입력하고 있는 내용이었다. 자신의 일과와 생각들을 모두 입력해서 공리청에 메일을 보내고 있었다. 말문이 막혔다. 봉수를 통해 빌린 차를 타고 S802의 주변을 따라다녔으며, 박련섬 할머니와 김옥이 할머니의 죽음이 온통 의문투성이라는 내용이었다. 스스로 공리청에 보고한 셈이었다. 공리청에서 내려보낸 감시는 없었다. 그럴 필요도 없었으니까. 일을 벌인 지 하루가 지나 공리청에서 메시지가 온 것도 다 이유가 있던 것이었다. 게다가 PC 모니터에 비친 얼굴은 자신 같지 않았다. 알 수 없는 기억의 파편이었던, 전에 강 형사와 확인했던 두 번째 피술 영상에서의 낯선 T 같았다. T는 부인하고 싶었지만, 그건 분명한 자신이었다. T 스스로 줄곧 가면(假眠) 상태에서 공리청에 생각과 업무 모두를 보고해왔던 것이었다.

'가면…… 내게도 최면이?'

사무관Q가 강당에서 했던 몸짓과 복명복창이 떠올랐다. 그건 다름 아닌 '집단 최면'이었다. 사무관Q는 신입 최면술사들 모두에게 집단 최면을 걸어둔 것이었다. 공원에서 만난 사파 무리의 얼굴이 떠올랐다. 최면술사에게 집단 최면은 최고 경지인 동시에 금지된 행위에 해당했다. Q는 최면술사들에게 무슨 짓을 한 걸까? 공리청에 대한 거부감이나 의심스러운 마음이 생기면 자동으로 가면 상태에 빠져들어 스스로를 고발하도록 한 것일까? 최면술사는 언제든지 공리청이 원하는 대로 최면 상태에 빠질 수 있는 것일까? 이게 정말 공리청의 의도였을까? S802가 기쁜 마음으로 전근 가게 된 것도 모두 공리청에서 조작한 기억 때문일까? 그때 머릿속을 또 한 번의 섬광이 관통했다.

'사는 것이 고통이면 *알레스 구트*를 허락한다!'

가슴 깊은 곳에서 엄청난 두려움이 밀려왔다.

'박련섬 할머니가 삶에 고통만 남았다고 판단했을 때, *알레스 구트*를 부추긴 건 어쩌면 내가 아니었을까?'

상황이 이렇다면 자료를 없앤 것도 T 자신이었을 것이다. 공리청에서 은밀하게 추진하는 뭔가를 가면 상태의 T가 앞장서서 도왔으며, 장애가 된다고 판단되는 것 역시 스스로 삭제해왔던 것이다. 자신의 기억마저도. 소름이 돋아났고, 눈엔 핏발이 섰다.

T도 이대로 가만히 앉아 있을 수는 없었다. 박련섬 할머니 댁으로 가서 잠들어 있는 기억을 더 깨워야 했다.

깨어날지어다!

박련섭 할머니 집에 도착한 T는 안으로 곧장 들어갈 수 없었다.

맥아더가 맹렬하게 짖고 있었기 때문이었다. 밖에서 잠시 상황을 살폈다. 마루 위에 우두커니 서서 벽에 걸린 영정 사진을 바라보고 있는 건 다름 아닌 봉수였다. 맥아더가 사납게 짖고 있어도, 봉수는 아무렇지도 않은 듯 벽에 걸린 할머니 사진만을 바라보고 있었다.

두 번째 예비 영상에서도 맥아더가 누군가를 향해 맹렬히 짖고 있던 대목이 떠올랐다. T와 강 형사는 그것이 최득구를 향해 짖는 거라고만 생각했었다. 하지만 그게 아니었다. 잠재의식에 가라앉아 있던 최면 코드가 떠올라 가면 상태가 되면 전혀 다른 사람이 되는 것이었다. 맥아더는 그 낯선 사람, 아니 정확히는 가면 상태에 들어 조정당하는 사람을 향해 짖은 것이었다.

최득구의 등장은 우연일 뿐이었다. T에게 다시 끔찍한 기억이 떠올랐다. 그때가 바로 할머니가 앞으로 살아도 행복하지 않을 거란 생각을 굳혔던 순간이었을 것이다. 기록되지 않은 최면은 더 있을 것 같았다. 바로 박련섭 할머니를 자살로 몰고 간 그 최면. 사무관Q에게서 옮겨진 '알레스 구트를 허락하는', 즉 자살을 강요하는 그 최면 코드가 숨겨진. 가슴이 찢어질 듯 죄책감이 밀려왔다. 구토감이 멈추지 않았다. 몰래 심어놓은 최면 코드와 각성된 이성이 싸우고 있을 땐 어김없이 구토감이 밀려왔다. 최면 코드에 의한 무의식이 여전히 작용하고 있다는 방증이기도 했다.

T는 냉정을 되찾고 집으로 들어갔다. 맥아더는 여전히 봉수를 향해 짖고 있었다. 하지만 봉수는 꿈쩍도 하지 않고 벽을 응시했다. 어떤 코드가 봉수를 가면 상태로 이끌었을까? T는 봉수의 등 뒤로 돌아가 힘으로 그를 돌려세웠다. 얼굴이 사납게 일그러져 있었다.

방에서 봉수의 가방을 찾았다. '힙노캠'은 어느새 '힙노글라스'

가 되어있었다. 여전히 미완의 티가 났지만 제법 그럴듯해 보였다. 스키 고글과 여름 해변의 선글라스 그 중간쯤 되는 크기였다. AAA 배터리가 필요했던 이전과 달리 충전식으로 업그레이드되어 있었다. 얼른 힙노글라스를 쓰고 나와 봉수의 얼굴을 스캔했다. LED 점이 붉은 영역에서 사납게 점멸했다. T는 봉수의 손에 자신의 회중시계를 쥐게 했다. 그 차가운 느낌 때문이었을까, 봉수가 자신의 손을 들여다봤다.

"느낌이 어때?"

"차가워요."

"이건 어때?"

T가 자신의 다른 손을 봉수가 잡게 했다.

"따뜻해요."

"그러면 앞에 있는 사람은 느낌이 어때?"

봉수가 T를 쳐다봤다.

"따뜻해요."

"그러면 따뜻한 손을 잡고 따라갈래? 아니면 차가운 시계를 따라갈까?"

"따뜻한 손이요."

"그럼 따뜻한 손에 모든 걸 맡기고 따라가볼까? 어때, 괜찮겠지? 하나, 둘, 삼, 넷. 봉수는 숫자 삼을 따라 무의식의 세계에서 다시 의식의 세계로 돌아옵니다."

봉수가 눈을 깜빡거리는 것 같더니 맥아더의 짖는 소리가 가라앉았다. 그제야 봉수가 T를 알아봤다. 사무관Q를 포함한 교관들 모두가 T 레벨이었으니 집단 최면 역시 같은 코드였던가 보다. 다행히 최면이 쉽게 풀렸다.

"언제 오셨어요? 속은 좀 괜찮으세요?"

"응, 괜찮아졌어. 그런데 왜 식사도 하지 않고 이곳에……?"

"아, 오늘만큼은 아무래도 할머니께 인사드려야 할 것 같아서요. 앞으로 우리 할머니처럼 어렵고 힘든 분들의 복지를 위해 일할 건데 정작 할머니를 위해 아무것도 한 게 없잖아요. 그래서 잠시 할머니 생각을 했습니다. 오시는 줄도 모르고……."

"아니야. 잘했어. 내가 할 말이 있는데 지금은 좀 곤란하고 다녀와서 할게. 늦지 않을 거야."

봉수는 T가 쓰고 있는 힙노글라스를 알아보고 씨익 웃었다.

"안경으로 바꿔봤어요. 그게 용도에 잘 맞을 거 같아서요."

"이거 아주 잘 되는데! 잘 작동하는 거 같아. 이거 최면에 든 사람과 무의식에 숨어 있는 사람한테는 어떻게 작동되는지도 궁금해지는걸!"

"조금 더 손본 후에 최면술사님에게 드리려고 했어요. 아무래도 테스트는 제가 하기 좀 그래서요."

"영광이지! ……어쨌거나 잠시 다녀올 데가 있어. 이 얘긴 그때 하지."

T는 많은 것들이 어긋나 있는지 모른다고 생각했다. 이동 중에 유라에게 전화를 걸었다.

"유라 씨와 전화로 통화하는 건 처음인 거 같아요."

「네. 전화 주실 거라고 생각도 못 했어요.」

"지난번에 너무 무게 잡고 먼 산 불구경 하듯이 얘기한 것 같아요. 그래서 좀 바로 잡아야 할 것 같아서 전화를 드렸습니다."

「아니에요. 모두 저 때문에…….」

"네, 맞아요. 모두 유라 씨 때문이죠. 그런데 제가 드리고 싶은 얘기는 이거예요. 누구나 잘못할 수 있어요. 실수할 수도 있고요. 그리고 그 잘못과 실수를 설명하지 못할 수도 있어요. 그런데 중요한 건 과거의 잘못과 실수를 만지작거린다고 해서 그것들을 되돌릴 수 있는 건 아니라는 겁니다. 다음번에 또 그러지 않도록 노력해야 하는 거죠. 그리고 머리를 조아릴 대상에게 정확하게 고개를 숙여야 사과가 되는 거 아니겠어요? 여태껏 유라 씨는 자책만 했지 정작 그 남자분에게는 아무런 사과도 없었다는 겁니다. 그게 무슨 짓인가 생각해봐야 해요. 유라 씨는 그저 자신을 위로하고 싶었던 겁니다."

「저도 그러고 싶지만…….」

"닥쳐요! 제발 닥치세요! 그리고 이제 핑곗거리는 그만 만들어요! 정말 미안하다면, 자신이 실수한 게 맞다면 당장 그 남자분 찾아가서 사과부터 하세요! 자세한 얘긴 못하더라도 잘못했다고 사과하세요! 그리고 당장 그 망할 일기장부터 태워버리시고요!"

「……」

"……제가 좀 흥분했습니다. 제 흥분된 모습까지 모두 답변이자 해결책으로 받아주셨으면 합니다. 충분히 알아들으셨으리라 생각합니다. ……저에게 사례비를 물으셨죠? 제 사무실 창문 앞에 있는 보스턴고사리를 잘 부탁합니다. 이름은 미스터 쁘레입니다."

「그 화분…….」

"저 아마도 다신 사무실로 돌아가지 못할 거 같습니다. 앞으로의 일은 유라 씨가 직접 해결하셔야 해요. 건강하세요."

T는 통화 중지 버튼을 누르고 긴 한숨을 내쉬었다. 이제야 겨우 과속방지턱을 넘어선 것 같았다. 이제는 큰 산을 넘어야 할 차례가 된 것 같았다. 마지막 정보 수집이 필요했다. 사회가 얼마나 그들

에게 잠식되었는지 알 필요가 있었다.

재래시장은 언제나처럼 사람들로 붐볐다. 이번에는 사람들을 피
해 곧장 목적지로 나아갔다. 이천방앗간. 방앗간은 쌀을 포함한 곡
물도 팔고 있었다. T가 가게 앞에 내놓은 쌀자루에 손을 푹 찔러 넣
었더니 사장이 가게 안에서 뛰쳐나왔다.

"어이, 여보쇼! 파는 쌀에 무슨 짓입니까?"

"제가 사도 안 되겠습니까?"

"뭐, 그럼 괜찮지만…… 얼마나?"

"제가 만진 건 다 사야죠. 배달도 가능하시죠?"

"15km 반경 안엔 다 됩니다."

"이리로 될까요?"

T가 미리 적어둔 메모지를 두 손으로 사장 손에 꼭 쥐어 줬더니,
사장이 T를 물끄러미 올려다봤다.

"요즘 시장에 좀 이상한 사람들 보이지 않던가요?"

"배달은 누가 받으……?"

순간 사장의 동공이 작게 축소되더니 이내 멈췄다. 사장이 하품
섞인 잠꼬대처럼 말했다.

"하~암, 요즘 여론 조사한다면서 요구르트 나눠주는 외지인들

이 있어요. 하~암. 그걸 마신 사람들은 너덧 시간 정도 긴 잠에 빠진다고 하고요. 하긴 모르죠. 잠을 잤는지, 뭐 하고 돌아다녔는지."

"쪽지에 써놓은 사람 아내가 받을 거예요. 그 외지인들, 오늘도 보셨어요?"

"아내 분께 선생님 말씀드리면 아시겠죠? 하~암, 오늘은 코빼기도 보이지 않던데요?"

T가 사장의 등에 살짝 손을 올리고 말했다.

"제가 말해 놓겠습니다. ……사장님, 배달 마치시면 이제 저와의 계약은 사라집니다. 편하게 쉬셔도 좋아요. 그동안 수고하셨습니다."

사장의 동공이 원래대로 돌아오면서 하늘을 향해 긴 하품을 내뱉었다.

"아, 죄송해요. 어제 잠을 좀 설쳤나 봐요. 배달은 걱정하지 마시고요, 결제는 어떻게 하시겠어요?"

T는 육교 아래 트럭이 멈췄던 곳에 차를 세웠다. 아무리 외면하려고 해도 할머니가 떨어지는 장면이 눈에 선명하게 그려졌다. 할머니는 꽃신을 벗고 육교 아래 있을, 아이와 할아버지가 함께하는 불멸의 행복을 향해 몸을 던졌던 것이다. 그건 어쩌면 자살이 아니

었을지도 모른다. 사악한 속삭임인지 모를 노랫소리를 따라 그저 가족을 찾아 나선 것이리라.

도로에 떨어진 할머니의 모습이 물에 번져 희미하게 부풀어 올랐다. 가슴이 메어왔다. 마치 인생의 비밀이라도 아는 양 가난한 노인들에게 *알레스 구트*라는 사악한 뱀의 혓바닥을 놀렸던 자신이 한없이 창피하고 죄스러웠다.

*알레스 구트*는 허상일 뿐이다. 죽음은 아름답다고만 할 수 없는, 목표가 되어서도 안 되는, 단지 삶의 종착점이다. 그 종착점을 인지하고 사는 것만이 삶을 의미 있게 해준다는 사실을 T는 희미하게나마 깨닫게 되었다.

T는 육교 위에 간신히 올라섰다. 참을 수 없는 구토감과 다리에서 시작된 떨림이 약을 갈구하는 마약중독자처럼 그를 흔들어 댔다. 신발 속 나무 가시들이 여전히 발을 찔러 들어왔다.

T는 신발 속 가시를 털어내고 발에 손수건을 감았다. 피가 흥건히 배어나왔다. 그래도 앞으로 나아가야만 했다. 머릿속에선 아까부터 작은 종이 계속해서 울리고 있었다. 오래전부터 자신에게 도움을 요청하는 소녀의 종이었다. 어쩌면 그 종은 한 번도 쉬지 않고 계속해서 울렸는지도 모른다. 하지만 T는 소리를 죽였고, 울림

을 외면했었다.

피 묻은 손으로 휴대폰을 열어 승애에게 받았던 메시지를 다시 확인했다. 늘 같은 메시지라 생각했었지만 그렇지 않았다. 전엔 보지 못했던 메시지가 섞여 있었다. 그건 승애의 입을 빌린 다른 누군가의 목소리였다.

저는 오승애입니다.

어제도, 오늘도, 내일도 부탁드립니다.

......

승애를 지켜주세요. 승애의 영혼을 구해주세요.

오빠가 사랑이 되면 엄마가 정부(情婦)가 됩니다.

각성된 이후부터 승애의 목소리가 멀리서 T를 애타게 찾고 있었다. 어서 승애에게 달려가야 한다. 승애는 이미 T에게 자신의 비밀을 털어놓았었다. 그리고 계속해서 도움을 요청했었다. 그 비밀이, 그 요청이 T의 내면에서 아무도 모르게 소각된 것이다. 승애는 점점 누군가의 도움을 기대하기 힘들어졌지만, T의 잠재의식은 그 사실을 태연하게 덮어왔다. 승애에게서 목소리와 엄마를 빼앗은 사람들이 T를 기다리고 있었다.

저택 입구를 어떻게 통과할까 걱정했지만, 그럴 필요가 없어졌다. 대문은 활짝 열려 있었고, 득실거리던 경비도 어딘가로 사라졌다. 전에 없던 일이었다. 멀리서 누군가 지켜보는 것 같았다. 모습은 숨길 수 있어도 기운은 주변 공기를 일그러트리고 있었다.

'온다는 걸 알고 있었다면 집사가 미리 입구 앞에 나와 있었을 텐데⋯⋯.'

스산한 바람이 마당 잔디를 쓸고 지나갔다. 정원을 지나 건물 앞에 다다랐지만 아무도 모습을 보이지 않았다. 심지어 큰 정원 가위와 사다리가 그대로 방치되어 있었고, 정원사도 보이지 않았다. 불길함이 고개를 들었다. 테니스장 옆 주차장이 승애의 친척들 차로 가득했다.

현관 안으로 발을 들이자, 밀폐된 공간에서 비릿한 냄새가 오도 가도 못하고 있었다. T는 긴 복도의 끝에 섰다. 밀도 높은 공기층이 도수 높은 렌즈처럼 눈앞의 이미지를 이지러트리고 있었다. 복도를 걸어 들어갈수록 알 수 없는 비린내는 코끝에서 점액으로 뭉쳐지듯 심해졌다. T는 감각이 아닌 이성의 눈으로 봐야 한다는 걸 잘 알고 있었다.

몇 걸음 옮기지도 않았는데, 복도 끝에 집사가 모습을 드러내더니 구부정하게 섰다. 그가 그렇게 보였던 건 T를 향해 정면으로 서지 못했기 때문이었다. 몇 걸음 더 다가가서야 겨우 그 이유를 알게 됐다. 그의 눈에서 피가 흐르고 있었고, 안구는 적출되어 있었다. 집사가 받치고 있던 은쟁반에는 그의 것으로 보이는 안구가 T를 확인하려 애쓰고 있었다. T는 경악했지만, 겉으로 드러낼 순 없었다. 집사가 뜻밖의 소릴 했다.

"오시면 안내해드리라고 했습니다."

집사는 은쟁반을 위태롭게 들고 앞장서 걸었다. 안구가 이리저리 위태롭게 굴러다니는 와중에도 T에게 시선을 맞추려는 것 같았다.

거실 입구 상단에 '오늘'이라고 실명(室名)이 쓰여 있었다. 처음 보는 것처럼 낯설었다. 저택의 구조가 기억 저편에 가라앉아 있었다는 사실이 기포처럼 떠올랐다.

거실은 아비규환 그 자체였다. 피비린내는 이곳에서 시작된 것이었다. 낯익은 얼굴들이 한데 엉켜 있었다. 눈알이 뽑혀 굴러다니는 건 예사였고, 떨어진 팔이 입에 처박혀 있기도 했다. 상반신이나 하반신이 보이지 않는 시신도 여럿 있었지만, 정작 살덩이는 그 사실을 모르는 것처럼 꾸물꾸물 움직였다. 만행의 도구는 보이지 않았다. 다만 피와 살점이 흥건히 묻은 입과 손을 보고 어떻게 된 일인지 추측할 뿐이었다. 그 낯익지만 끔찍한 살덩이들은 끊임없이 꿈틀댔다. *인페르노*가 떠올랐다.

슬픔의 나라로 가고자 하는 자, 나를 거쳐 가거라.

영원한 가책을 만나고자 하는 자, 나를 거쳐 가거라.

파멸한 사람들에게 끼이고자 하는 자, 나를 거쳐 가거라.

나를 거쳐 가려는 자는 모든 희망을 버릴지어다.

집사는 살덩이 사이를 잘도 가로질러 나아갔다. 하지만 꿈틀대는 그것들을 밟고 올라섰다 내려가기를 반복하다가 결국 은쟁반에 있던 안구를 떨어뜨리고 말았다. 집사는 힐끗 고개를 돌렸다가 이내 가던 길을 계속해서 나아갔다. 그리고 거실 끝에 먼저 도착해서 T를 돌아봤다. T가 꿈틀대는 살덩이들을 피하는데 힘겨워하자, 집사가 무섭게 소리쳤다.

"이 천박한 고깃덩어리들! 지금 고귀한 T께서 지나가신다. 모두 길을 내거라!"

커튼을 젖혀 햇살을 불러오면 벌레들이 구석으로 도망치듯 살

* 지옥. 고통(苦)의 장소. 단테의 《신곡》에서 지옥의 문에 새겨진 글귀

덩이들이 양옆 구석으로 도망쳐 들어갔다. T는 그때 집사도 사파의 최면을 펼치고 있음을 눈으로 확인했다. 집사의 발 구름이 만든 최면 유도가 바닥을 통해 거실 끝에 들러붙은 살덩이까지 전달된 것이다. 미세하지만 파장이 T의 눈에 들어왔다. T는 열린 길 사이를 천천히 걸어 들어갔다. 그제야 집사도 총총걸음으로 제 갈 길을 재촉했다.

거실 중간. 2층 승애의 방으로 향하는 계단 아래에 지하로 내려가는 계단이 눈에 들어왔다. 지하로 내려가는 시작점엔 '어제'라고 각인된 푯말이 있었다.

T는 계단을 올라갔다. 앞서 걷던 집사가 계단 끝에서 넘어져 허우적대고 있었다. 하지만 T는 어디로 갈지 이미 알고 있었다. 승애의 방이었다. 짐작건대 승애의 방은 '내일'일 것이다.

승애는 여느 때처럼 초점 잃은 표정으로 침대에 걸터앉아 있었고, 침대를 마주 보는 화려한 장식의 의자엔 외할머니 대신에 다른 누군가가 앉아 있었다. 사무관Q였다. 외할머니와 오승택은 그 옆에 무릎을 꿇고 있었다.

"잘 왔네, T! 한참 기다려야 하는 줄 알고 속으로 조마조마했다네!"

"……이게 다 뭡니까?"

"좀 놀랐지? 내가 다 설명해주겠네. 자네 입소식 때 뛰어나간 걸 보니 각성이 온 것 같던데, 어떤가? 내 말이 맞지 않나? 역시 자넨 다를 줄 알았다고! 내가 사람 보는 눈은 정확하지. 우리 그럼, 서로 알고 있는 건 굳이 말하지 않아도 되겠지?"

"......."

"하지만 자넨 여기 승애의 일은 잘 모를 거야. 자네, 이 집도 내가 소개했다는 걸 기억하고 있겠지? 난 이 집에 얽힌 일들을 아주 잘 알고 있다네. 사실, 승애 주변에서 일어나는 일들은 모두 알고 있다고 봐야겠지. 사실은 이렇다네. 마침 이 집에선 실력 좋은 최면술사를 필요로 했지. 그래서 내가 자넬 추천했던 거고. 자네 실력이 얼마만큼 자리 잡았는지도 궁금했거든.

내 예상이 맞는다면, 승애는 계속해서 자네에게 잠재의식 안에서 도움을 청했을 테고, 의협심 강한 자네라면 그에 응답하거나 알아채지 못하거나 둘 중 하나였을 테지.

결과적으로 자넨 승애가 보낸 도움을 구하는 메시지를 스스로 지우고 있더군. 그건 우리 구호가 자네를 잘 통제하고 있다는 걸 의미하는 것이었지. 난 안심했네. 아마도 자넨 화목하게 둘러앉은 가족들 사이에서 어린 시절로 돌아가 행복하게 웃는 승애의 모습에 이들이 아주 괜찮은 가족이라 판단했던 모양이더군. 그래서 그와 일치하지 않는 목소리는 오히려 행복을 해친다고 규정하고 잠재의식 속으로 가라앉혀버렸던 거고. 최면술사로서는 자연스러운 일일 거야.

우리 공리청 최면 코드가 생각보다 세지 않은가. 물론 나는 조금 다른 코드를 섞었지만 말이야. 그런데 알고 보면 이 가족을 둘러싼 진실은 그렇게 평화롭지 않다네. 이 화려한 저택엔 내 능력을 다 동원해서라도 쓸어버리고 싶은 추악함이 서려 있다네. 얘기는 사실 간단하지. 승애의 외할머니는 이 집안 모든 부와 명예가 시작되는 정점에 있다네. 그런데 안타깝게도 사위를 사랑했던 거지. 단지 그뿐이라네. 사랑. 적절치 못한 사람이, 해선 안 될 사람을 사랑한 것, 단지 그것뿐인데…… 그때부터 자신의 그릇된 욕정을 탓하기보다는 오히려 딸의 방탕한 처신이 못마땅하게 느껴지기 시작한 거야. 밤마다 딸은 거리를 돌아다녔고, 장모는 사위를 위로해야 한다는 구실이 만들어졌던 거지. 그러다가 둘은 서로의 사랑을 확인한 거야. 그걸 사랑이라고 해야 할지는 잘 모르겠네만, 이 두 사람은 그렇게 말하고 있다네.”

옆에서 무릎 꿇고 있던 외할머니와 오승택은 가면 상태에서 서로의 팔뚝을 물어뜯고 있었다. 어차피 고통을 느끼진 못할 테지만, 둘은 서로에게 상처를 주고 있었다.

"그런데 둘은 결국 그 장면을 딸에게, 아내에게 들키고 말았다네. 비극은 보통 이렇게 시작되곤 하지. 사실 비극이라는 녀석은 우리가 처음 보았거나 생경한 것쯤으로 여기곤 하는데, 절대 그렇지 않다는 걸 인정해야 한다네. 늘 보이는 낯익은 모습이고, 늘 조심해야 하는 위험한 녀석이란 걸 우린 잘 알아야 해. 생각해보게. 그 돈 많고 권력 있는 노파가 뒤늦게 찾아온 사랑의 현장을 들키고 말았네. 그것도 매일 밤이면 마을을 돌아다니면서 낯선 사내의 가슴팍을 파고들던 딸에게 말이야.

예상과 달리 승애 엄마는 미친 듯이 날뛰었지. 자신의 행실은 돌아보지 못하고 말이야. 그 때문에 승애 엄마는 지하실에 갇히게 되었네. '어제'라고 하는 방이지, 아마.

이미 저질러진 일, 장모와 사위는 더이상 거리낄 것이 없다는 듯 행동했네. 가족들 앞에서도 노골적으로 애정을 드러낸 거지. 거실에 있는 저 살덩이들은 돈의 노예들이나 다름없는 자들이지. 저들은 아무런 상관도 하지 않았다네. 자신의 부와 명예를 빼앗기지 않을까 노심초사할 뿐이었지. 모두 외할머니에게서 나오는 것이니까 말이야. 창피한 일이지만 오히려 외할머니를 부추기기까지 했다네. 그들은 점점 더 짐승을 닮아갔지. 묶여 있는 딸 앞에서 남편과 엄마는 더러운 짓을 서슴지 않았고, 친척들은 묶여 있는 딸을 돌아가며 강간했다네. 승애는 엄마가 강간당하고 방치되어 말라 죽어 가는 그 장면 모두 고스란히 다 목격했던 거고."

"사무관님은 어떻게 그 일들을 잘 아십니까?"

"그게 좀 말하기 슬픈 일이라네. 하지만 더 숨길 것도 없지 않겠나? 죽은 승애 엄마는 내 동생이고, 승애는 내 조카라네. 저기 앉아 사위의 팔을 뜯고 있는 노파가 바로 내 어머니이지. 최면술사가 되려고 집을 나선 순간 더이상 누구의 가족도 아니었지만, 어쨌든 여긴 어릴 적 내가 뛰어놀던 내 집이었네."

T는 숨을 쉴 수가 없었다. 엄청난 불행과 끔찍함이 한 가문에 들러붙어 있었다.

"부끄럽네만 모두 사실이네. 내게 조카가 쓰러졌다고 해서 달려온 그날은 말라비틀어진 동생의 시신을 확인하는 날이기도 했네. 가족들은 고약한 병 때문이라는 거짓말로 둘러댔지. 하지만 저들은 내 앞에서 거짓말은 불가능하단 사실마저도 기억하지 못할 정도로 이성을 잃고 있었던 거야.

난 동생의 시신을 거뒀고, 조카의 슬픈 기억을 지우는 동시에 목소리도 뺏어야 했네. 그것이 승애가 살 수 있는 길이라고 생각했지. 그리고 자네의 도움도 컸다는 걸 인정하네. 비록 가족 같지도 않은 가족이지만, 그 안에서 승애가 숨을 쉬고 살아갈 수 있도록 자네가 버팀목이 되어준 거나 다름없으니까. 정말 고맙게 생각하네.

하지만 이젠 승애도 버티지 못하고 무의식 속으로 가라앉고 있다네. 자네도 느끼고 있을 테지만 말이야. 그래서 결정을 내려야 했네. 마침 공리청 안에서도 피술자들의 삶으로 적극적으로 뛰어들고자 하는 사람들이 서로를 인지하기 시작했거든. 자넨 공리청에서 하는 복지·최면이란 것이 별 효과도 없고 너무 안일하다고 생각하진 않나? 이번 참에 이 가족을 쓸어버리는 걸 그 시작점으로 삼으면 어떨까? 자네 생각은 어떤가? 우리 능력을 이용해서 세상의 쓰레기들을 청소하는 건 어떠냐는 말이야?"

"피술자의 삶에 적극적으로 개입하겠다는 사무관님의 말씀이 이런 뜻이었나요? 자신이 쓰레기라고 판단한 부류를 제거해서 행복 총량을 올리겠다는 말씀인가요? 누구에게 그런 권한을 부여받으셨습니까?"

"……그게 자네 대답인가? 예상대로군. 자넨 너무 고지식해. 융통성도 없고. 게다가 자넨 모르는 게 너무 많아. 공리청에선 이미 수십 년간 소외 계층에게 복지·최면을 시술했네. 많은 사람의 동의를 얻은 것도 사실이지. 하지만 무엇이 달라졌나?

자네도 알겠지만 *알레스 구트*는 허상이라네. 잡초를 잔디라고 부른다고 달라지는 건 없지 않은가? 우린 직접 잡초를 뽑기로 했네. ……자네도 함께했으면 좋았을 것을. 조금 섭섭하네. 하지만 자네의 선택을 존중하네."

사무관Q가 자리에서 일어나 앞으로 몇 걸음 걸어 나왔다. 그것만으로도 공기의 밀도가 달라졌다. 외할머니와 오승택이 무서움에 떨며 납작 엎드렸다. 사무관Q는 레지오 강당에서 했던 것처럼 천천히 두 손을 안테나처럼 쳐들었다.

"한 가지 궁금한 게 있습니다."

사무관Q는 하려던 걸 멈추고 물었다.

"무언가?"

"가문이 불행에 휩싸인 근본적인 원인은 따로 있지 않습니까? 승애 엄마가 먼저 타락했다고요? 장모와 사위가 불륜을 저질러서 딸이자 아내를 비참하게 죽인 거라고요? 어쩌면 일부 사실일 수도 있겠죠. 그런데 그게 비극의 진짜 시작이었을까요?"

"무슨 말이 하고 싶은 건가? 능력 좀 쓸 만하다고 아껴줬더니, 아무 소리나 지껄여!"

사무관Q의 일갈에도 아랑곳하지 않고 T는 목청을 더 높였다.

"아무 근거 없는 소리일까요? 당신 거짓말엔 허점이 많습니다. 끔찍한 불행의 시작이 정말로 당신 말처럼 장모와 사위의 불륜에서 시작한 것이었다고요? 혹시 이런 얘기는 들어보셨나요? 자기 동생을 끔찍이 사랑했던 오빠의 일그러진 집착이 사랑 없는 결혼을 잉태했고, 어긋난 사랑이 또 불신을 낳아 결국 한 사람을 말라 비틀어져 죽게 했다는 이야기!"

"이 새끼가 아무 말이라고 지껄여!"

"사랑하지 않는 남편, 오빠와의 관계를 의심하는 남편, 이런 사위를 위로해야 하는 장모, 그런 어머니를 의심하는 딸! 이 영원히 끝나지 않을 것 같은 굴레의 시작이 누구 때문이라고 생각하십니까?"

"어디서 헛소리를 늘어놓는 건가? 내 동생은 날 사랑했었다고! 그런데 어머니가 그 사랑의 순수함을 의심하고 반대했던 거지. 내 사랑만 받아들였다면 여기까지 올 필요도 없었다고!"

흥분한 사무관Q는 로만칼라를 풀어헤쳤다.

"좋아, 좋아! 자네의 상상력은 칭찬하지. 잡담은 여기까지로 하세. 이제 다음 계획으로 넘어가야 할 때거든."

사무관Q가 천천히 다가왔다. T는 그 위압감에 뒤로 물러섰다.

"어쨌든 자네는 좋든 싫든 자네 손으로 직접 여기 일들을 모두 마무리 짓게 될 걸세. 특히 이 노파와 음탕한 정부(情夫)는 자네만의 방법으로 해결하게 해주지. 그리고 자네에겐 산뜻한 기억을 심어주겠네."

T는 주머니에서 회중시계를 꺼내 들었다. 사무관Q가 회중시계를 보고 미소를 지었다.

"자네, 벌써 잊어버렸나? 그 회중시계도 내가 자네에게 줬다는 걸 말이야. 내 아버지의 유품이지. 아주 귀한 거지만 지금의 자넬 구할 수는 없을 거야."

사무관Q가 힘 있는 목소리로 외쳤다.

"이제 T 안의 잠재된 의식은 내 말을 듣고 깨어날지어다. 에르고, 숨!"

T는 순식간에 눈이 감기고 몸이 뻣뻣해지는 걸 느꼈다. 허리가 먼저 옥죄어 왔다. 짧은 다리가 먼저 허공에서 버둥댔다. T는 차가운 시계의 촉감을 최대한 느끼면서 버틸 수 있는 데까지 버텨냈다. 압축된 공기가 T 주변에서 딱딱하게 굳어가는 느낌이 들었다. 이대로라면 딱딱하게 굳은 공기 안에 그대로 매몰될 것 같았다.

사무관Q가 천천히 T에게 다가왔다. 회중시계를 뺏기 위해서였다. 사무관Q의 숨결이 느껴지는 그때였다. 사무관Q의 뒤에서 가녀린 목소리가 들려왔다.

"오빠!"

승애가 내는 목소리였지만, 여느 때와는 다른 톤이었다. 승애는 사무관Q를 똑바로 바라보고 있었다. 사무관Q가 고개를 돌려 승애를 의아한 듯 바라봤다.

"너, 너는……?"

충격받은 사무관Q가 말을 잇지 못했다. 승애가 침대에 쓰러지는 동시에 T의 눈이 번쩍 뜨였다. 그리고 짧은 다리가 바닥에 사뿐히 내려앉았다. T는 주저하지 않고 사무관Q의 어깨에 손을 올렸다. 그리고 읊조렸다.

"당신은 내 허락 없이 빛으로 돌아올 수 없습니다. 에르고, 숨!"

사무관Q가 순식간에 가면 상태로 빠져들었다.

"당신은 지금 어둠 속에 있습니다. 당신은 어둠 속에서 들려오는 이 강력한 목소리를 거부할 수 없습니다. 앞으로도 당신은 종종 이 목소리가 들려오면 경청하고 그대로 따라야 합니다. 알겠습니까?"

"네, 알겠습니다."

"묻겠습니다. 공리청엔 당신과 뜻을 같이하는 사람이 몇이나 있습니까?"

"정확히 알 순 없습니다."

"비밀 조직인가요?"

"그렇습니다."

"당신에게 어떤 방법으로 연락해 옵니까?"

"쎄나의 직원 중 한 사람이 연락해 옵니다."

"오늘도 당신의 연락을 기다리는 사람이 있습니까?"

"그렇습니다."

"어떤 내용의 연락을 기다리고 있습니까?"

"T를 가졌는지 버렸는지, 그 여부를 기다리고 있습니다."

"이곳의 처리는 어떻게 할 생각이었습니까?"

"집사에게 불을 지르게 하고 승애는 빼낼 계획이었습니다."

"당신은 지금부터 내 말대로 해야 합니다. 처리는 계획대로 진행합니다. 다만 승애는 T에게 맡기는 걸로 당신이 결정한 겁니다. 그리고 저 T는 당신이 가진 겁니다. 다만 승애를 맡은 동안 당신들 계획에 들이지 않는다고 당신이 결정하십시오. 그리고 당신들 비밀 조직에 관한 움직임은 나, T에게 하나도 빠짐없이 보고합니다."

"네, 알겠습니다."

사무관Q가 고개를 끄덕였다.

"당신의 잠재의식은 나, T에 의해 살아 있고, 당신은 자리에서 일어난 시점부터 아무것도 기억하지 못합니다. 깨어납니다. 에르고, 숨!"

사무관Q의 몸이 뒤로 젖혀졌다. T가 그를 부축했다. 그러고는 승애에게 함께 다가갔다.

"자네, 정말 좋은 결단을 내렸네! 돌아가서 동료들에게도 그렇게 전하겠네. 그리고 당분간 승애는 자네가 맡아 주었으면 하네. 깨어나면 나쁜 기억들은 모두 무의식 저편으로 가라앉혀주면 고맙겠네. 여기 처리는 내가 하도록 하지. 어서 저택을 빠져나가게나. 곧 연락하겠네."

그런데 사무관Q가 방을 나서려고 할 때였다. 어느새 승애가 자리에서 일어나 허리를 똑바로 세우고 앉아 있었다.

"삼촌, 실망이야!"

승애의 말이 떨어지기 무섭게 사무관Q의 몸이 다시 말을 듣지 않았다. 그건 T도 마찬가지였다. 바닥에서 허둥대던 외할머니와 오승택은 굳어 있는 사무관Q를 의식하기 시작했다. 외할머니는 떨어져 나간 다리 때문에 자리에서 일어설 수 없었다. 그러자 천천히 팔로 기어서 그에게 다가갔다. 오승택도 한쪽 팔을 입에 물고 어떻게든 일어서 보려고 기를 쓰면서 앞으로 나아갔다. 그렇게 그 둘은 천천히 사무관Q에게 다가갔다. 사무관Q의 눈빛에 공포가 가득했다. 승애의 눈가가 점점 더 붉어졌다. 외할머니와 오승택이 어느새 사무관Q의 몸에 달라붙어 사정없이 물어뜯기 시작했다. 사무관Q는 고통스런 비명을 질러댔지만, 입 밖으로 아무런 소리도 나오지 않았다. 그의 비명은 집안을 떠도는 다른 소리에 묻혀버린 것 같았다. 승애는 결국 제 삼촌을 용서하지 않았다.

승애를 부축해 저택을 빠져나오자, 수트 차림의 두 사람이 다가왔다. 사무관Q의 보좌관들로 공원 먼발치에 있던 인물들이었다.

"사무관Q는 왜 함께 나오지 않았습니까?"

승애를 바닥에 앉힌 뒤 T는 가쁜 숨을 몰아쉬는 척 시간을 끌었다. 보좌관들이 몇 걸음 안으로 다가왔다. T는 천천히 허리를 폈다. 그리고 사무관Q의 엄청난 힘을 몸으로 느꼈다.

"당신들의 잠재의식은 내 말을 듣고 깨어날지어다. 에르고, 숨!"

보좌관들을 둘러싼 공기의 밀도가 올라갔다. 그들은 걸음을 멈추고 그 자리에서 뻣뻣하게 굳어갔다. 숨을 쉬기 힘든 것처럼 목을 잡고 고통스럽게 몸을 비틀었다.

"당신들의 잠재의식은 지금부터 내 말대로 해야 합니다. 이곳 처리는 계획대로 진행합니다. T는 사무관Q에 의해 버려졌지만, 사무관Q도 사고로 화염에 갇혀 소실되었습니다. 승애는 강창근 형사에게 맡기고, 비밀 조직의 움직임은 강 형사에게 빠짐없이 보고합니다."

보좌관들이 뻣뻣한 고개를 끄덕였다.

"당신들의 잠재의식은 나, Q에 의해 살아 있고, 나, Q가 건물에서 나온 이후의 기억은 Q의 명령으로 대신합니다. 그리고 깨어납니다. 에르고, 숨!"

그 둘은 최면에서 깨어나는 대로 불타는 저택 안으로 뛰어들어갔다.

T는 육교 위에서 저택 쪽을 바라봤다. 저택이 불타고 있었다. 어느새 깨어난 승애도 담담한 표정으로 불타는 저택을 바라봤다. 주머니에 손을 넣으니 회중시계가 만져졌다. T는 자신에게 사무관Q의 최면 코드가 옮겨온 것이 놀라웠다.

기다리고 있었다는 듯이 소방차들이 요란한 소리를 내면서 달려갔고, 승애는 다시 T의 등에서 정신을 잃었다. 아까 승애는 모든 힘을 꺼내 쓴 것일지도 몰랐다. T는 강 형사에게 전화를 걸어 박련섬 할머니 댁으로 와달라고 부탁했다.

강 형사가 먼저 도착해서 맥아더를 쓰다듬고 있었다. T는 승애를 마루에 조심스레 내려놓고 담요를 가져와 덮었다. 그 모습을 봉수가 말없이 바라보았다. T는 봉수에게 레지오는 가지 않아도 된다고 말했고, 봉수는 그저 말없이 고개만 주억거렸다. 강 형사에게는 마루에 누워 있는 승애가 깨어나면 모든 걸 털어놓겠다고 얘기했다. T를 신뢰하는 만큼 둘은 더 묻지 않았다. 다만 온몸이 땀범벅이 되고 피로 얼룩진 다리를 심하게 절면서 들어오는 모습이 심상치 않은 일이란 걸 직감케 했다.

T는 심히 고민스러웠다. 승애가 깨어나는 대로 모든 사실을 얘기할 작정이지만 어디서부터 해야 할지 도통 감이 오질 않았다. 공리청, 아니, 사회를 파먹고 있는 불순한 세력들과 맞서야 한다고 해야 할까? 아니면 우리 삶 깊은 곳에 스며든 악당들과 싸워야 한다고 해야 할까? 영영 도망 다녀야 한다고 말해야 할까?

이제 막 각성한 최면술사와 전직 해커인 주유소 알바, 의욕 넘치는 형사, 속에 뭐가 들어 있는지 모를 열일곱 소녀가 세상은 고사하고 자기 자신이나 지켜낼 수 있을까?

분명한 건, 공리청의 알 수 없는 세력이 세상을 더 행복한 곳으로 만들겠다는 명목으로 가난한 노인들을 없애려 한다는 것이었다. T는 갑자기 만화 속 영웅들을 떠올렸다. 그들이 왜 매번 지퍼를 올리고 벨트를 채우며 급하게 출동하는지 알 것 같았다.

**

한 달 후. 강 형사의 사무실로 두 명의 레지오 교관이 또 방문했다. 벌써 예닐곱 번째였다. 이번에도 집요하게 T의 행방을 물었다. 아니, 물었다기보다는 기억 속에 있는 자료를 들췄다고 볼 수 있었다. 하지만 이래도 저래도 그들이 듣고 싶은 얘기는 들을 수 없었다. 반복해서 되뇌는 말은 'T는 떠난 후에 다시 연락이 없었다'는 것이었다. 그나마 이번에 새롭게 건진 건 T가 봉수의 안경 선물을 들고 나섰다는 정도. 그들은 T의 몽타주에 안경을 추가하고 문답을 마쳤다.

그들은 봉수가 일하는 주유소에 들러 한 달 전과 같은 질문을 던졌고, 또 강 형사의 것과 비슷한 답변을 들어야 했다.

"금봉수 씨가 T에게 안경을 선물했다고 하던데요? 특별한 이유라도 있습니까?"

"세상을 좀 더 뚜렷하게 보라고 드린 겁니다. 흐림 없는 눈으로 볼 수 있도록."

그들은 다양한 최면 유도 방식을 사용하고 강 형사와 봉수 주변의 일상을 들여다볼 수 있는 CCTV 영상을 확인했지만, T의 행방은 알아낼 수 없었다. 반면 강 형사와 함께 살고, 봉수의 주유소에서 같이 일하는 승애에게는 공리청 최면술사들이 접근조차 하지 않았다. 아니, 그냥 없는 사람처럼 본체만체했다. 그것이 사무관Q의 생전 영향 때문인지 아니면 승애가 어떤 능력을 발휘한 건지는 알 수 없었다. 그도 아니면 승애가 그들의 진로에 방해가 되지 않는다고 판단한 것일 수도.

강 형사는 고속버스터미널을 방문했다. 용의자들의 몽타주를 들고 사람들을 대조해 보거나 탐문으로 목격자를 확보하는 일상적인 업무였다. 그때 막 도착한 버스에서 내린 한 할머니가 짐칸의 짐을 받아 들더니 두리번두리번 누군가를 찾기 시작했다. 눈에 들어온 건 바로 강 형사였다.

"피, 핏, 피슈~"

할머니는 곧장 강 형사에게 다가와 말했다.

"형·사·님~ 사·람 좀 찾아주세요. 네?"

허리가 굽어 한참 내려다봐야 하는 할머니는 강 형사를 올려다보며 애처롭게 말을 붙였다. 하지만 할머니의 말에는 사람을 집중하게 하는 묘한 끌림이 있었다.

"어떤 사람을 찾고 계시는데요?"

할머니는 덥석 손부터 잡았다. 그리고 또박또박 말했다.

"피슈~ 4년 전에 쎄나에서 콘에 안건을 올렸어. 3년마다 최면술사는 레지오에 재입소하여 재교육을 받아야 한다는 내용이었지. 그 안건에 관여한 6인을 알아봐줘. 나는 로그인 아이디가 막혔거든. 핏, 피슈~"

운전석에 있는 손님이 창문을 내려 기름을 넣고 있는 봉수에게 말을 걸었다.

"안녕하세요. 세종시로 가려는데 어떻게 가는 게 제일 좋아요?"

"아, 네. 유턴 받아서 큰길로 5km쯤 내려가다가 고속도로 타시는 게 제일 좋을 거예요."

"감사합니다. 그, 그런데……."

손님은 봉수가 말하는 길을 보려는 듯 룸미러를 조정하다가 갑자기 입에서 바람 빠지는 소릴 냈다.

"피쉬~ 그, 그런데…… 밤에도 볼 수 있으면 더 좋을 텐데. 그런 기능은 없나 봐요?"

봉수가 손님을 유심히 살폈다. 코를 찡긋거리며 손가락으로 코 밑을 자주 훔쳤다.

"아, 네. 적외선 기능을 넣으면 조금 커져서요. 보완하고 있으니까 금방 될 거예요. 안전 운행하세요!"

"피슈~, 아, 네. 감사합니다. 핏, 피슈~."

옆에서 이를 지켜보던 승애가 말도 없이 갑자기 차에 올랐다. 그리고는 창문으로 고갤 빼고 말했다.

"가서 연락드릴게요!"

차는 천천히 출발했고, 이를 봉수는 숨죽여 바라봤다.

다시 수개월 후. 붐비는 인파 사이에 꼼짝하지 않고 선 사내가 있었다. T였다. 그 뒤로는 인파를 피하듯 승애가 바짝 붙어 있었다. 둘은 그대로 한참을 서 있었다. 그때였다. 지하철 역사의 인파 속에서 천천히 올라오는 누군가가 있었다. 누가 먼저랄 것도 없이 둘은 안주머니에서 선글라스를 꺼내 착용했다. 개량된 힙노글라스였다.

"맞지?"

"맞는 것 같아요. 아니, 확실해요! 주변을 두세 겹의 힙스(최면에 든 사람, 또는 사람들)가 두르고 있잖아요. 쎄나의 최면술사 아니면 어떻게 저래요……? 어떻게 하실 거예요?"

"……일단 부딪혀봐야지. 딴 방법 없잖아?"

"그렇긴 하죠."

둘은 그렇게 인파를 거슬러 천천히 무리를 뒤쫓았다.

- 끝 -

최면술사의 시대

2024년 9월 19일 초판 1쇄 발행

지은이 이석용
펴낸이 이원주, 최세현   **경영고문** 박시형

책임편집 강동욱   **디자인** 심디
기획개발실 강소라, 김유경, 박인애, 류지혜, 이채은, 조아라, 최연서, 고정용, 박현조
마케팅실 양근모, 권금숙, 양봉호, 이도경   **온라인홍보팀** 현나래, 신하은, 최혜빈
디자인실 진미나, 윤민지, 정은예   **디지털콘텐츠팀** 최은정   **해외기획팀** 우정민, 배혜림
경영지원실 홍성택, 강신우, 김현우, 이윤재   **제작팀** 이진영
펴낸곳 팩토리나인   **출판신고** 2006년 9월 25일 제406-2006-000210호
주소 서울시 마포구 월드컵북로 396 누리꿈스퀘어 비즈니스타워 18층
전화 02-6712-9800   **팩스** 02-6712-9810   **이메일** info@smpk.kr

ⓒ 이석용(저작권자와 맺은 특약에 따라 검인을 생략합니다)
ISBN 979-11-94246-11-4 (03810)

쌤앤파커스(Sam&Parkers)는 독자 여러분의 책에 관한 아이디어와 원고 투고를 설레는 마음으로
기다리고 있습니다. 책으로 엮기를 원하는 아이디어가 있으신 분은 이메일 book@smpk.kr로 간
단한 개요와 취지, 연락처 등을 보내주세요. 머뭇거리지 말고 문을 두드리세요. 길이 열립니다.